Anamnese de João Oito e Trinta E Dois

VINICIUS MONTEIRO CAETANO

Anamnese de João Oito e Trinta E Dois

VINICIUS MONTEIRO CAETANO

Coordenação Editorial: Sálvio Nienkötter
Editor-Executivo: Daniel Osiecki
Editor-adjunto: Claudecir de Oliveira Rocha, João Lucas Dusi
Capa: Jussara Salazar
Diagramação: Caroline Costa e Silva
Produção: Cristiane Nienkötter
Revisão e preparação de originais: O Autor

Dados Internacionais de Catalogação na Publicação (CIP)
Angelica Ilacqua CRB-8/7057

Caetano, Vinícius Monteiro
Anamnese de João Oito e Trinta e Dois / Vinícius Monteiro Caetano. -- Curitiba : Kotter Editorial, 2023.
120 p.

ISBN 978-65-5361-181-8

1. Contos brasileiros I. Título

CDD B869.3

23-3112

KOTTER EDITORIAL

Kotter Editorial Ltda.
Rua das Cerejeiras, 194
CEP: 82700-510 - Curitiba - PR
Tel. + 55(41) 3585-5161
www.kotter.com.br | contato@kotter.com.br

Feito o depósito legal
1ª Edição
2023

SUMÁRIO

O PRIMEIRO CONTO DE JOÃOZINHO BEM-BEM

Always on My Mind

Mentirosos seriam os dizeres de um homem inapto a elucubrar heurísticas sociológicas pertencentes a um fio condutor de frágil material que se desgasta pela força de pingos hebdomadários, perenes chuviscos, que incansáveis como o são, teimam, nestes quatro insuportáveis e intermináveis (aparentemente, mas quase superados) anos, em cair - senão em tombar - sobre sofredoras cabeças brasileiras, algumas surdas pelo ruído da tempestade, outras privadas, por bastas gotículas, de enxergar, quando muito de reconhecer, seus próprios rostos em ora espelhos quebradiços, ora em côncavos, que, como todos aparentam desconhecer, refletem, sim, objetos centrais reais, mas invertidos por um sem-número de particularidades inatas ao funcionamento do céfalo e do vidro desconvertido em areias, estas transfiguradas, não sei em qual longínquo passado, em retratos de fugaz memórias, como se não lembrassem - por conveniência ou por honesto desconhecimento ou por pérfida sordidez ou por ganâncias de grã-finos ou por crônica demência - de suas origens, se me permitem (espero eu que permitam) os gramáticos, falesísticas, das que, em presente dimensional, quebram e requebram, tumbam e retumbam, clamando e reclamando, sem nunca, porém, propriamente, reclamar.

Deixar de escrever tortuosamente não seria necessariamente uma perda, nem configuraria um ganho, mas privaria o Joãozinho Bem-Bem de seus divertimentos e de suas investidas na língua camoniana, já alterada por imódicas razões. Contentamo-nos com o nosso corriqueiro falar que, a despeito das elegâncias de certos sociólogos franceses, continua a ser a mais efetiva forma de comunicação social, não sendo, portanto, necessárias artimanhas linguísticas para mover moinhos jacobinos ou viradeiros. E se o ordinário é potente, também o é o neologismo, o qual não representa atentado algum ao bom funcionamento linguístico. No limite, a falta de criatividade do criador seria sobrepujada pela coligação de significados muito mais potentes do que a simples separação espacial de dois ou mais vernáculos. Infelizmente, a diversão (e principalmente o conhecimento portuguesístico) do autor não é (ou não são) suficiente(s) para garantir uma plena continuidade da *tortuosidade*, sendo esta necessariamente substituída, ao longo do processo, por formas mais simplicistas (e igualmente poderosas) de storytelling. Frases curtas, em que pese seus críticos lolitanos, são efetivas e necessárias para não nos perdermos em significados insignificantes. A matrioska pode ser, a depender do espírito, um divertimento poderoso, mas é preferível mantermos cerrada a caixa de pandora, junto aos significados significantes. Não confortável, existem outras opções para o seu palato.

Sobre o conteúdo, parece-me improvável que existam temas que não foram longamente debatidos ao longo desses milênios atemporais. Surpreendo-me com o surgimento de filósofos insurgidos, presentes em um passado há pouco desconhecido por minhas sinapses, mas incrivelmente existentes em algum plano imaginativo coletivo que, até então inacessível, parecia-me o não parecer, como uma boligodolfa ou um elefante de guerra pré-histórico (ainda que este seja de amplo conhecimento dos mais sábios).

É este conjunto de leituras de imbricações escadalísticas de punhados de encadeamentos de temas que forma o que sou. Mesmo a perda de memória não enseja um livramento completo, como muitos o desejariam. Mesmo o esforço do esquecimento, das noites festivas em que parecemos não pensar mas tão somente sentir, mesmo na convivência pública, mesmo no fervor de um punhado de ações prazerosas, mesmo aí tudo não deixa de se constituir como fragmento de algo que não compreendo totalmente, mas que infelizmente (ou quiçá felizmente) os luteranos e evolucionistas me proporcionaram. Maldita é a lacuna da ignorância e inocente é o mentiroso que diz saber o que nada sabe. Que estranha sensação é a de escrever sem pensar, como se Deus, em suas linhas de algodão, me conduzisse para a oferta de algo vivamente bom que me faz lacrimejar frente a monitores ateus. Que perfeito livramento seria a bala aleatória que perfura o crânio, deixando-me simplesmente ser o espaço dos átomos. Mas que pecado, que maldade é o sentimento, que deplorável é o funil da reprodução que nos impede de agir, como agiram aqueles que desistiram sem passar seus genes pestilentos para as próximas gerações.

No plano das consequências futuras, elas são infinitas. Fama, abandono, ostracismo, riqueza, ignorância, quem sabe até uma prisão em flagrante, como se grandiosos juízes, em suas auras éticas, desprovessem-me do livre pensar e, em suas máquinas de fazer morais, encaixassem-me em um inquérito que me privasse de meu conforto, mas não de minha liberdade sartriana; são todas possibilidades concretizáveis no espaço curto de tempo que se segue com a ingênua publicação. Com ela, se me tornasse mártir das esquerdas, se me tornasse por engano mártir das direitas, se me tornasse mártir de Deus, se me tornasse mártir da família, e se mártir nenhum me tornasse, nada sobrepujaria a minha impetuosa e tola vontade de refletir lunaticamente. Pois não é pelo vindouro que fazemos a ação presente, mas pela construção de um limite em que dizemos *não aguento mais* e expelimos e vomitamos e defecamos o que nosso estômago preparou dolorosamente nesses curtos anos de existência ou, como bem entendem os hindus, nessas vidas desconhecidas mas provavelmente existentes que nos presenteiam, por algum estranho fator, com a possibilidade de recomeçar como árabe, como paraplégico, como herdeiro do valoir ou dos valois.

Para muitos, o conhecimento é a fonte primeira do tesão. Para outros, é o deixar ir. Para a maioria, desprovida de qualquer pingo burguês, não é absolutamente nada. Ainda que a segunda categoria seja a mais proveitosa e livre de embaraços, a primeira é a única em que me encaixo com quase perfeição, pois, seja pela exclusão da infância, seja pela inconformidade com o comportamento humano, não há lamentavelmente possibilidade de retrocesso. O objetivo do texto é tão somente a proporção de prazer para a primeira categoria e ignorância para a segunda. Inalcançável para a terceira, ainda mais nesse terceiro mundismo oligárquico e sistêmico, a segunda é objetivamente a que mais preocupa qualquer escritor, pois é ela, em sua fúria imperiosa, que comete as barbaridades apensadas que tentamos justamente combater. A primeira, em que pesem suas fervorosas críticas e disparates, é inofensiva quando não misturada com a baixa política que domina o espaço público brasileiro.

Não é novidade que, se o condutor estiver bêbado, devemos frear a carroça. Mas é incrível como, nesses duzentos anos de construção nacional, a freamos poucas vezes e, quando o fizemos, capotamos no piche.

Esse país parece estar sempre carregado de uma aura de covardia, em que a elite se abstém de resolver nossas agruras. Quando os fardados batem à porta, os grandes defensores e proféticos da democracia saem de seus empregos universitários e correm para o exílio. Deveríamos condenar, então, seus fracassos, suas são borjas, seus uruguais, seus terceiros exércitos?

É confortável a crítica a mortos. Muitas vezes ela é necessária para o desenvolvimento de nossa historiografia. Mas, como todos os contemporâneos de todas as épocas, temos novamente o dilema em nossas mãos e, quando o conforto me chamar, eu irei, junto aos covardes, atender sua súplica.

Então, se este mentiroso, a quem não me remete nome algum exceto o meu próprio, se este mentiroso, repito, desejasse, que bem reconhecem os anjos seu desejar, preciosa fração de seu tempo, você, já o fenomenologicamente concedendo, concedê-lo-ia por um quinhão a mais?

Não bastariam meus convencimentos. Tolos, tão tolos. Bastaria sua vontade, suas expectativas reprimidas em um pouco mais de cem lisas páginas. E, se houver espaço para arrependimento, arrependa-se, mas não se esqueça, e isto eu te peço, leitor, dos bovinos. Para entendê-los e combatê-los, é indispensável o avante! avante!

E quando a covardia o alcançar, agarre-a com todas as suas forças para, em seus sonhos intranquilos, afogar-se. Para depois como fênix renascer, queimando suas idiossincrasias como o bovarismo as queima e requeima.

Este certamente não é o livro que eu escrevi. Feitas e desfeitas as correções, as censuras, as implicações, sobram fragmentos de algo que deveria ser.

Já não o reconheço como meu. Exergo somente purismos, lamentações de "e se(s)" pouco entendidos. Covardes, sim.

Talvez sejam positivos os cortes. Por mais inigualável que seja o discurso extremista, prefiro meu nome dissociado de qualquer tosco agravante.

É, afinal, a força societal...e somente ela.

E, nas palavras do poeta, sobretudo cansaço.

Assustador seria se este livro alcançasse a divulgação de *Almanaque agrícola brasileiro* ou *Vademecum do criador de porcos,* obras atemporais.

Em uma linguagem mais clara e precisa, menos atormentada por uma *mente vazia, oficina do diabo,* gostaria de fazer algumas outras ponderações.

Diferentemente da maioria dos leitores, os escritos de Guimarães Rosa não me provocam um apelo ao onanismo, mas sim ao enfadonho processo de ler algumas linhas, nada entender, desistir e dormir. Não há nada de intrinsecamente interessante na alta literatura, e por isso prefiro histórias de verdade, em que a adrenalina dos parágrafos me guia para tentar descobrir a verdadeira identidade de Limo Manto Limão.

Esse livro não tem nada disso: nem qualidade literária, nem boa narrativa. É só um compilado de textos, que mal podem ser chamados de contos, que eu decidi escrever de madrugada após ser efusivamente inspirado por um episódio de Hora de Aventura.

As referências são várias e muitas vezes me perco no emaranhado de conexões que o Eu do Passado fez. Ele ficaria decerto decepcionado, mas quem agora escreve, o Eu do Presente, fica sempre entusiasmado relendo um capítulo, divertindo-se como se nunca o tivesse lido. A verdade é que o Eu do Presente gosta muito do que o Eu do Passado escreve; não porque foi escrito pelo Eu do Passado, mas porque eu concordo com absolutamente tudo. Inclusive iria fazer um conto sobre o na___, pois sou apaixonado pela estética hi____e tenho su____ espalhadas em todos os cantos do meu apartamento na Tijuca. O personagem se apaixonaria pelos ideais de H. e muitas reviravoltas, que viram e reviram e voltam, aconteceriam, mas ninguém entenderia - especialmente o careca de testa luminosa e pele de camarão. Dada a atual situação do país, não me surpreenderia que eu fosse enquadrado como K. Afinal, a liberdade de expressão não abarca o discurso de ódio, muito menos o racismo; o limite da liberté d'expression é a lei - e nada mais.

Infelizmente para mim, e felizmente para o leitor, a censura prévia já condenou esses textos aos arquivos em nuvem do meu computador. Talvez um dia eles sejam abertos; provavelmente quando eu me mudar para a Arábia Saudita e poder expressar minha liberdade de expressão conforme a lei.

Não posso inclusive dar ao leitor o prazer de ler contos eróticos, pois o moralismo está em alta na República de Curitiba. Todos os impropérios foram substituídos por mots mais glamourosas, típicas da bourgeoise limpinha do momento. O leitor, se tiver curiosidade, poder ler *120 Dias de Sodoma*, que contém o mesmo tipo de conteúdo esquizofrênico dos meus textos pornográficos já apagados. Convenhamos que o jeito de se fazer sexo é o mesmo desde que alguém decidiu começar (mas a esquerda revolucionária ainda não fez essa descoberta, então silêncio, não queremos estragar a surpresa).

Infelizmente (de novo), só consigo escrever de madrugada e, quando me reponho em meus lençóis, a criatividade emerge naquele ínterim entre o fechar dos olhos e o sonho profundo com amigos que nunca mais verei ou com viagens que nunca farei. Daí a demora para esse livro ser publicado (mas você não sabe disso). Quando Deus me ilumina com dons artísticos, meu sono me consome e não tenho forças para ir até o computador, ligá-lo e chico xaviezar o ditado do Criador.

Sou tão irresponsável que menti compulsoriamente sobre a data de entrega do livro, sempre a adiando um pouco mais na esperança de que um café com leite fosse suficiente para escrever duas páginas, desconsiderá-las, e desistir de escrever por uma semana. Peço minhas humildes escusas aos editores que me acompanharam nessa intensa jornada (especialmente para o Alexandrino, o Maximiliano e o Messari), mas reservo uma parcela de culpa para suas opiniões duvidosas que não deixaram minha criação intocável. Corrompida pela mácula de editores vis, minha obra foi relegada ao fracasso; direciono todo e qualquer defeito a eles e me eximo de qualquer responsabilidade por erros gramaticais e por ofensas à integridade intelectual do Sr. leitor. Mas devo agradecer aos Editores pela existência física de minhas palavras, condensadas num livreto de quase cento e cinquenta páginas, custando incríveis cinquenta reais. O Sr. leitor, ou muito rico, ou muito otário, só não perde para este escritor, que nada deveria ter escrito.

Inclusive não tenho ideia do motivo pelo qual uma pessoa o compraria senão fosse por dó. Da próxima vez, gaste seu dinheiro com coisas melhores: um vinho Cabernet Sauvignon para ser facilmente consumido em tempos de desespero, uma assinatura da HBO MAX com as melhores séries já feitas, um mangá de One Piece com o melhor da literatura japonesa, um curso de teoria das relações internacionais para discutir epifenômenos irrelevantes, ou um prato de arroz e feijão, mas esse último a maioria não teria certamente dinheiro para comprar

Não existem motivos para adquirir um livro que custa 5% do salário mínimo. Por isso incentivo a pirataria de todas as formas. Não existe diferença moral entre pegar um livro na biblioteca e baixar um pdf em um site russo. Ano passado, fiquei assustadores vinte minutos em uma biblioteca, coisa rara, em busca de "Brasil e Argentina: um ensaio de histórica comparada (1850-2002)", dos exímios historiadores Boris Fausto e Fernando Devoto. As prateleiras pareciam me sufocar, a voz da bibliotecária estremecia meus tímpanos e o pó dos livros me deixou com pneumonia por cinco semanas. Com o livro na mochila, após ter feito um cadastro na secretaria, voltei ao meu apartamento e de imediato me enfiei no chuveiro, sem esperar a água esquentar. Nem quinze minutos de água e sabão foram suficientes para retirar a crosta de poeira que impregnara meus pelos. Um desastre; desde então não abri o livro - e logo encontrei um pdf que muito me animou

Conclusão: a única diferença entre ir à biblioteca e usufruir do pdf é que a primeira atitude prejudica em demasia meus frágeis pulmões. Se não há biblioteca em sua cidade, a escolha pelo pdf é ainda mais óbvia.

Ao comprar o livro, ao efetivamente adquiri-lo em uma livraria (algo quase impossível) ou em uma promoção do site da Editora ou da Amazon, o Sr. Leitor estará prestigiando os funcionários da eminente Editora e da redistribuidora.

Pagar o salário de nossos compatriotas me parece algo ético e extremamente gentil da parte do Sr. Leitor. Entretanto, repassar capitais para uma monopolista estrangeira é não só imoral, como grosseiro. Com isso, o Sr. Leitor contribui para a destruição das livrarias brasileiras e para a demissão de milhares de funcionários.

Geralmente, o Sr. Leitor inventa a seguinte artimanha:

1. quero ler um livro
2. quero comprar o livro pelo menor preço possível,
3. é impossível que o menor preço possível esteja em uma livraria física

4. vou comprar na Amazon, que tem as melhores promoções

Realmente genial. O Sr. Leitor não só perde dinheiro, como destrói a indústria nacional e contribui para o imperialismo norte-americano. O sr. Leitor, bem descrito por Adorno, é um amante do fetichismo da mercadoria; ignora que o trabalho gráfico deste livro (que ainda não sei como será) representa tão somente a incapacidade do sr. Leitor de se guiar por experiências sensíveis. É um mentecapto mesmo - um alienado!

O contista propõe uma articulação mais lógica:

quero ler um livro
quero comprar o livro pelo menor preço possível
o menor preço possível é zero
zero é o preço da biblioteca
a biblioteca não existe ou é empoeirada
o pdf é gratuito

A pirataria, senhores, é um poderosíssimo instrumento social. O autor, no caso, é o coitado da história em todas as hipóteses. Em caso de compra, ele recebe míseros centavos por venda; em caso de pirataria, ele nada recebe.

E que motivação tem um escritor se nada recebe?

Watson, que pergunta mais ingênua.

O autor é um lunático, Watson. Ele foi diagnosticado em outubro de 2018 com esquizofrenia catatônica, por um psiquiatra credenciado; mas ainda não contou para seus amigos de fachada, nem para seus familiares mais longínquos, somente sua mãe, a dona Nilce, mãe do João, tem conhecimento desse absurdo, dessa doença mental que assola seu filho querido. É como se a Ilha do Medo estivesse em seu apartamento na Tijuca. Não há escapatória: a vontade de perder dezenas de horas em cento e cinquenta páginas, para nada receber, é absolutamente contagiante.

O escritor contempla a vida como um professor, um gari da práxis filosófica..A leitura nada mais é que desgosto, perda de tempo, de ânimo para viver. Tantas belezas no mundo; e preguiça de sentir. Dar a volta ao mundo em cento e oitenta dias é sempre possível quando nossa vontade titubeia e a desistência prevalece pela inútil prática de ler e escrever.

E é justamente isso: o leitor e o escritor são indissociáveis; nada os separa no ato da leitura, pois não é possível ler sem estar lendo. Para uma conexão mais profunda, para sonharmos eroticamente em simultâneo, recomendo ler One Piece e Thomas Mann escutando canções que moldaram nossa pátria amada, indicadas em cada um dos capítulos deste livro.

Espero que o Leitor valorize a recomendação musical, a única coisa efetivamente proveitosa que meu corpo de garoto consegue prescrever, e faça uma generosa contribuição para o PIX seguinte: pixdodoutor@gmail.com

Assim, o sr. Leitor me ajudará a pagar uma passagem para Meca, onde, sob a luz de Alá, terei maior liberdade de pensamento.

A QUEDA

Dust in the Wind

As idiossincrasias veranis, mais do que as outonais, já se desprendiam da paisagem que se bifurcava na fatigada íris de um anoso senhorio. O semblante deste homem, a quem não me remete nome algum, apresentava-se de tal forma cabisbaixo, de tal forma mendicante, que até mesmo um atento observador o confundira com um tortuoso castiçal, não o das galerias francesas, que há época inexistiam, mas o dos jantares de camponeses mil que, permitida a passagem do tempo, estenderão-se sobre o mapa europeu, do Cabo de Finisterra ao delta do Danúbio, do Mediterrâneo ao infinito norte.

A aparência do homem assustaria não só as mais infantilizadas crianças, mas também os mais bravios guerreiros que desta terra nasceram. O nariz era adunco, cartilaginoso e tão pouco pueril que impressionava as mais sedentas pestes. Que fungo, pergunto-me, que parasita, que maligno vírus ousaria encarar as profundezas daquelas narinas? Demasiadamente abertas, demasiadamente grosseiras e ameaçadoras.

Mas vos afirmo com precisão que seu intimidador nariz não condizia com a sua frágil personalidade. Era ossudo, imberbe, adelgaçado. Tinha uma cabeça cadavérica com bochechas pálidas, queixo avantajado, olhos redondos e profundos. O globo ocular se assemelhava a uma oliva mastigada de alguma má colheita de um perdido vilarejo no oco do mundo, pois era isto: um oco, um vazio em seu crânio que fazia ressonar o néscio dos vadios.

E que néscio! Que pouca sabedoria que habitava naquela fatigada mente, tão gasta pelos perdidos anos de intenso labor, de cuspes no centeio após o uso do alvião e das mãos. Mãos cumpridas e ósseas; sem unhas; veias incolores; fiapos de pele se desprendendo das falanges, como se precisassem, por algum divino castigo, substituírem as enfraquecidas pelagens corporais que, vez ou outra, libertavam-se de seus lares para caírem na correnteza de incansáveis ventanias formadoras do gélido ar.

O homem sentia os castigos da natureza. O inverno saíra da vulva do outono, assassinara seus calorosos irmãos e se sentara no trono de Gaia. Aproveitaria com incansável vontade e voracidade. Aproveitaria cada minuto e cada divisão do tempo, pois precisava - e como precisava! - de cada zênite e de cada nadir para se aperfeiçoar e atingir a tão aguardada maestria. Conquistaria o hemisfério e embarcaria em eterno duelo com seu natimorto irmão. Nunca desistiria e levaria cada alma, cada partícula da existência, para os confins de seu seio, onde nem a luz, nem Deus, conseguirá um dia adentrar.

Este era o homem das histórias. Este era o bravo guerreiro que, a despeito de suas dores e fraquezas, não se rendia ao aperto da morte. Jamais se entregaria por vontade própria e, inobstante as chagas que carregava, seguiria firme pelas sendas deste mundo tão injusto e tão cruel.

Vestia roupas de lã que o acalentavam. Não eram, porém, suficientes para enfrentar o frio que se aprumava. O frio, como é sabido, invade cada fresta, cada respiração, cada preta cabeleira descoberta. Não só invade, como penetra e rasga a carne, fazendo-a esfriar e esfriar e de tanto esfriar virar puro fogo, pura queimação, puro inferno dantesco.

Seus folículos capilares se contraíam feito molusco. Não aguentavam a incansável temperatura que teimava em descer. Congelava os lagos, matava as andorinhas, enfraquecia o fogo. Prendia-se sobre os troncos dos pinheiros, sufocando-os, restringindo-os, delimitando-os e enforcando-os. Impedia a saída dos anelídeos; esmagava as libélulas. As rãs, os sapos, as águias. Pereciam. Prostravam-se diante da enfurecida natureza e rezavam a língua das bestas como quem espera um impossível milagre, como quem retarda o acordar para então hibernar em seus leitos de urubus.

E mesmo o sangue, e mesmo as hemácias, mesmo elas não conseguiam se libertar. Não conseguiam, pois não podiam e não podiam, pois não estavam suficientemente enfraquecidas para desistirem da tão comum empreitada, do rompimento dos vasos da pele e do contato com o hálito atmosférico.

Nem todo o nitrogênio venceria aquele tão descomunal inverno. As bactérias não procriavam, os fungos desistiam, o musgo se suicidava nos azulejos, adquirindo a cor de suas letras.

Mas era como lunático, era como amante da existência que o homem continuava seu tracejar. Poderia desprender-se de seu corpo e embarcar nesta arca que desconhecia. Poderia impedir a frágil sequência de batimentos através de uma miríade de instrumentais. A forca. A adaga. O sono.

Rejeitava-as não sei por qual motivo. Talvez pelo medo maior. Medo do senhor das moscas e de sua obra. Estava enganado. Nem os mais jactanciosos dípteros duelariam com a glacialidade; nem o pecado era páreo para a insensibilidade da manifestação de Pã.

O que posso afirmar, pelo que pude ler nas antigas Estelas, é que o homem ouvira uma curiosa informação: romanos se esgueiravam nas proximidades. Ele só precisaria sobreviver até chegar à fronteira de Roma. Viajar ao sul era a única solução de seus problemas.

Investira nesta empreitada e quando seus olhos miraram, a esmo, encontraram uma fagulha de luz.

Poderia ser uma onírica pantomima, mas era muito mais. Era, afinal, um acampamento de uma legião romana. Alcançara, finalmente, seu tão aguardado destino, deitando-se nos seios de sua amada verdade.

EQUILÍBRIO, FOCO, RACIONALIDADE

I Still Haven't Found What I'm Looking For

Ao fatiar a linguiça toscana, lembrei-me por um momento de um conto que havia há muito lido. Já especulava, desde o instante em que fui posto à mesa pelo jovial garçom, que a conta do rodízio não seria a mesma de cinco anos, nem de dois, nem mesmo de um. Refiro-me, para datar bem este texto, dos idos de 2017, se bem sei subtrair.

Em dois mil e dezessete, dois mil dezessete anos após o nascimento de Cristo, algo curioso, pois ele entraria no rol dos que nasceram no ano zero; lá, nesse ano, que admite um punhado de lugares e lás maiores ou menores, não haveria um infeliz de máscara entregando-me uma nota fiscal com duzentos reais. Não duzentos reais físicos...enganei-me. Duzentos reais impressos em letras arial dez, fictícios. Seriam os duzentos futuros reais que eu despenderia, voluntariamente, para pagar o que consumi em um intervalo de trinta minutos, desde o momento em que o homem barbudo do valet abriu-me a porta do carro até a fração de segundo em que mastiguei o último pedaço de carne, engolia-a e beberiquei um copo de água, cujo recipiente não ficou de todo vazio, pois não me sentia suficientemente bem para terminá-lo.

Esses duzentos reais ainda não concretizados, mas já valorados pelos produtos consumidos, representavam, especificamente, duas águas de coco (doze reais cada), uma água (seis reais) e um rodízio de exatos cento e setenta reais com tudo incluso, menos o garçom.

E não entenda, por favor, "menos o garçom" de alguma forma torpe, de algum sentido escuso. Não estamos aqui para fazer jogos duplos, entendimentos perversos de alguma mente doentia. Senhor, entenda "menos o garçom" de uma forma mais humanizada, sem recorrer a uma objetificação grotesca, extremamente comum ao se referir ao corpo feminino, mas ainda mais premente em conversas de um homossexual, cujo talento inato é desqualificar o corpo de outros homens ao atribuir-lhes as mais volumosas e depravadas características. Um espanto para quem se preze, mas uma fonte de regozijo para os identitários.

Mas que devaneio...Tantas coisas em minha mente, tantas ideias a serem esmiuçadas em vocábulos que me perco, conjecturo as mais diversas temáticas, congratulo-me com os mais infelizes pensamentos, escrevo barbaridades como quem entrega cartas por hobby para suprimir uma demanda hipertrofiada, para fazer o bem quando, em momentos de escassez de carteiros, alguém deve vestir a capa e sair às ruas a entregar cartas a seus respectivos destinatários; para que eles, ao abri-las, ao não serem explodidos por cartas-bomba, sintam-se amados por um amante secreto ou ainda mais amados pela companhia elétrica da cidade, a única da cidade, a que mantém o monopólio da distribuição de energia, a que, privatizada ou não, envia a seus clientes cartas com uma extensa fatura sobre um mês em que um homem e sua família esteve de férias viajando, mas que deixou os fantasmas da mansão à solta para gastarem sozinhos duzentos reais na conta de luz, exatamente o mesmo valor do mês passado e provavelmente o mesmo do mês futuro se a bandeira não se tornar vermelha ou se a inflação não alcançar os diretores da empresa, sobre os quais pesam a dura realidade de um dólar valorizado, de uma festa a Roma adiada.

Mas eu nunca fui a Roma, amor. Só fui à churrascaria pela última vez. Não por motivos financeiros, que certamente me impediriam de ir à churrascaria com uma boa frequência, mas por motivos de ordem pessoal e global que justificam a minha presença aqui, no topo do Edifício Itália, escrevendo em rolos de papel higiênico por ter esquecido de trazer um caderno capa mole em papelão reciclado e por já não ter mais um celular no qual possa expressar-me através do mecanismo da digitação, em que a utilização frenética e repetitiva de dois dedos da mão, os dois polegares, permite feitos inimagináveis para um homem de outra geração.

Com tantos prédios à vista, a São Paulo de minha infância parece concretizar o que senti desde a vez em que, sentado em meu canapé, decidi me aventurar em vídeos do YouTube, e recebi, sob recomendação do fantástico sr. algoritmo, treze minutos que abalaram minha concepção da realidade e me fizeram decidir ir àquela churrascaria pela última vez.

Lá, ao me deparar com os cento e setenta reais com tudo incluso, menos o garçom, finalmente me desvencilhei-me por completo de qualquer apego à carne e decidi-me pela linha vegana. Pus a mão no bolso, retirei o cartão de crédito e o entreguei ao garçom para que a cobrança fosse devidamente efetuada. Depois de quatro números e o botão verde "confirma", duzentos reais, mais dez por cento de comissão aos funcionários, totalizando duzentos e vinte reais, desapareceram da minha conta bancária e nunca mais retornaram.

Naquele exato instante, ouvi um estranho sussurro em meu ouvido direito. Dizeres encantados, possivelmente divinos, congratulavam-me por minha ação e me incentivam a continuar esse duro e insaciável percurso vegano. Nunca mais em minha vida tive o prazer de desfrutar daquela miríade de alimentos que aqui cito para me despedir com convicção: filé mignon ao molho dijon, maminha, contrafilé acebolado, lagarto ao molho madeira, coxão molhe com espinafre, patinho, picanha com uma tira de gordura de dois centímetros, costela a barbecue, fraldinha, acém, coxão duro, chuleta, paleta, escondidinho de frango, guisado de pato, ensopado de cação, linguiça apimentada, linguiça de costela, presunto, peito de peru, salsicha, bacalhau com tronchudas, sardinha em lata, tilápia, kani, camarão rosa, gamba, camarão sete-barbas, camarão ao alho e óleo, peito de frango, coração, pernil, carré, paleta, fígado de boi, coxão mole, carne moída, hambúrguer com queijo suíço, com bacon e com dois pães australianos, merluza, caldo de cascudo, pangasius, tiras de jacaré, bife de chorizo, costela premium, shoulder steak, t-bone, short rib, prime rib, porterhouse, bife angus e wagyu, lambari, corvina, truta salmonada, pacu, baiacu, tubarão, cordeiro, ossos de javali, coelho, codorna, costelinhas de capivara, polvo, marisco, sushis variados, sashimi de atum e de salmão, guioza com molho shoyo, temaki de salmão grelhado com cream cheese e cebolinha, hot roll empanado, ostras e caramujos e lesmas, missoshiro com vôngoles, vieiras, mexilhões, pata de caranguejo, lagosta, lula à dorê, bife do vazio, carpaccio, mocotó bovino, escalope de picanha, kibe cru, salmão selado em manteiga da Nomandia, furikake katsuo, tartare de atum, ovo de codorna, dyo hotatê, dyo tartufo com trufa negra italiana, nigiri de foiegras, kobebeef, nigiri de camarão rosa, yakissoba, ceviche de peixe branco, lomo saltado, cuy, mortadela, salame, peito de frango, frango caipira, omelete de frango, coxinha de frango, esfiha de carne, esfiha de frango, crepioca de frango cremosa, empadão de grango, torta cremosa de frango, fajitas de frango, drumet de frango invertido, frango frito, frango à passarinho, saltimboca de frango, tiras de frango com mostarda e mel, frango a kiev, frango à parmegiana, carne à parmegiana, wok de frango, karague, frango tondoori, strogonoff de frango, fricassé de frango, chili pouco ortodoxo com frango, frango xadrez, frango a caçador, almôndegas, pizza de calabresa, pizza portuguesa, pizza marguerita, pizza quatro queijos com muçarela, gorgonzola, parmesão e catupiry, pizza de frango com catupiry, pizza de carne seca com banana, pizza de alcachofra recheada de muçarela de búfala, nachos, pizza parma com rúcula, caprese, pizza de alho negro, scamorza, pizza napolitana, lasanha com molho à bolonhesa, bife à milanesa, pizza de chocolate com morango, bigadeiro, doce de leite.

Não, todas essas coisas a que chamamos comida nada mais são que partículas sofredoras, camadas de dor e mágoa, imódicas perfídias de açougueiros mil. Carne; eufemismo de vaca morta. Não é galinha, é frango; se é galinha, é galinha, é caipira. Se é frango, não é galinha, é frango e tão somente - frango.

A vaca, ela é assim tratada, desconjurada: quando muito colocam-na em um pasto, vaquinha, vaquinha, veja bem: os garotinhos vão ao hotel fazenda e a observam comer capim; nas revistinhas, pode-se aprender muuu; cow cow cow não é cachorro, menino, é vaca, é em inglês, sabe? Sim, fui ao sítio com meu pai; podemos brincar com os cachorros; tirar leite da vaca, nossa muito amargo, forte esse leite da vaca, prefiro do mercado. E depois, na janta, as mesas espalhadas, as famílias reunidas, a ceia de natal, não tem vaca, só tem carne, e é uma delícia, professora, é uma delícia.

Sabe, professora, eu quero ser veterinário quando eu crescer, mas agora que já cresci eu quero ser doutor médico ou doutor advogado. Mas eu ainda não cresci, então quero ser criança, quero que minha mão diga-me assim, no meio da praia: cuidado com o espinho do peixe, moleque, não come a cabeça do camarão - olhos do camarão me olham e aquela crocância é maravilhosa, mas a minha mãe é louca de pagar quinze reais no camarão do negro da praia que fica pra lá e pra cá dizendo olha o espetinho de camarão quem vai querer quem vai querer o espetinho do camarão um por quinze três por cinquenta. Três por cinquenta? É isso mesmo, meu compadre, não fui pra escola nem você, veja se não quer; dê-me dois, o retorno.

Ah, sim, tudo parece tão diferente, eu era tão inocente. Agora eu sei a origem, como um espelho quebradiço, as peças se encaixando, mas dói, como dói o filé, o filete de sangue desdobrando-se em gotículas de sangue transformando-se em poços de sangue, naquele prato meio arredondado, a gordura nos cantos junto ao guardanapo amassado, o sangue escorrendo para o centro, mas como eu sou burro, não sabia que era sangue o sangue da vaca.

Não basta dó ou piedade; na indústria dos seres vivos, somos a caça; o estômago mal chega a implorar e já entramos em nossos carros, dirigindo por entre as rodovias, adentrando o mercado, os produtos embalados, enfileirados, customizados - miniaturas, cosméticos - as sacolas de plástico não usam canudos, a esteira contabilizando, cpf na nota, débito ou crédito, débito, crédito? não, estacionamento, valet, quatro horas até sair, claro, eu só vim aqui para isso, mentiroso, isso na sua sacola, não em uma, nas sacolas, é carne moída pro cachorro, que chique esse cachorro, não come ração? só fruta e carne, achei que fosse chinês, eu, chinês? não tenho cara de chinês, nem nariz de chinês, muito menos boca de chinês, mas eles nem comem cachorro ou gato - disse o homem gordo da fila - e você come o quê? sou vegetariano, sou gordo porque como pizza todo dia menos domingo, e só gosto de queijo, e só como laticínios, pois vegetariano não come carne, nem peixe, é ovolactovegetariano, não maltratada os bichos, não destrói as matas, mas isso é uma conversa, ou um depoimento, eu me orgulho de ser vegetariano, não perco uma oportunidade para bravar com meus pulmões que eu não como carne, nem peixe, há dois anos e oito meses, só como pizza de quatro queijos, especialmente com gorgonzola, é irresistível, nem te conto, demorou muito para eu deixar de comer carne, eu fazia dia sim dia não até que finalmente parei, adoro um macarrão com queijo ralado, já te contei? assim, não me falta proteína, eu como bastante arroz e feijão, é o suficiente, eles têm todos os aminoácidos necessários para o bom funcionamento do meu organismo de cento e vinte quilos, deve ser estranho saber que eu sou um gordo vegetariano - mais estranho ainda é ter certeza que eu sou um vegetariano gordo - não me entenda mal, eu sou gordo por opção, e vegetariano por obrigação; afinal, como alguém, em princípios do século vinte e um, consegue, sem malícia, sentir prazer em carne de bicho?

Mas você é um adiposo safado! Sabe de onde vem o leite, seu anafado? Seu rotundo, tu comes ovo, omelete, é? É um unguinoso mesmo, ensebado, oleoso, oleento. Pois lhe explico: a avicultura é a indústria mais cruel da existência terráquea, nem os alienígenas conceberiam tamanha atrocidade. Pense num sefardita em um campo de concentração e logo logo você terá a imagem de uma galinha em uma gaiola, separada dos seus filhotes, confinada em um gaiola minúscula, em uma gaiola solitária, ela fica tão estressada que começa a se bicar, seu gordo, se ela estiver com outras galinhas, sabe o que elas fazem? Elas se matam, começam a praticar canibalismo à luz do porão do galinheiro do fazendeiro de São Paulo, às escondidas do dr. rotundo e sua família. Mas o Himmler não é panaca, é um Reichsführer das Schutzstaffel de primeira linha; para evitar a mutilação das coitadas, ele usa uma máquina para arrancar os bicos delas, é lindo de se ver. Os índices de desenvolvimento galináceo da fazenda do dr. Himmler não são dos melhores; a expectativa de vida é de dois anos; a penosa deveria viver dez, mas sua vida é encurtada pra comermos um franguinho assado com batatas; mas você não come frango, não é mesmo sr. rotundo? Sua responsabilidade é mínima, então. Veja: macho bota ovo? Eu sei que o senhor sabe que não bota; é uma pergunta retórica. Pois no reino das galinhas, quem reina é a rainha galinha. O feminismo alcançou proporções inimagináveis no frigorífico do dr. Himmler; os pintinhos e galos não têm direitos, nem representatividade. A ave macho é uma inútil, uma completa perda de tempo e dinheiro. Entenda, meu enxundioso. O que o povo quer é comer ovos, omelete, bolo. Quando os filhotes nascem, eles são agraciados com o dom da vida, e levados para o apartheid; todos são amarelos, mas alguns são homens, e os que são homens não botam ovos, então os empregados do dr. Himmler colocam todos os filhotinhos em uma esteira e vão escolhendo quem vive e quem morre, com base em suas características físicas: se é mulher, vive, se é homem, é descartado no lixo ou no triturador. As feministas vivem em suas apertadas gaiolas, sem espaço para abrir suas asas; sua função produtiva é botar ovos. Mas não se assuste, sr. chorudo. Essas são só as galinhas poedeiras; para comemorar sua festa de aniversário com bolo caramelizado, recomendo os ovos das galinhas caipiras. Elas não ficam trancafiadas em calabouços; a vida na granja é feliz e sorridente e saltitante. O mundo, afinal, é tão belo.

No tratado dos víveres, as cláusulas são inexistentes. São tão poucos os animais abatidos que se todos os frangos se revoltassem, teríamos que lutar contra seis bilhões por ano, só no Brasil. A cada segundo, duzentas galinhas são mortas, a mesma quantidade de ovos que o sr. farto come por ano; lembre-se que o sr. farto é o sr. rechonchudo, que é o sr. vegetariano, o sr. bom de garfo.

O sr. leitoso não curte leitões (ele sente arrepios ao ver vídeos de porcos sendo abatidos), mas gosta de leitinho. Papi, de onde vem o leite do mercado? Isso aqui nem parece mais um conto, é algum tipo de doutrinação esquerdista? É uma conflagração do sindicato dos pecuaristas travestidos de veganos em marcha Eu sempre soube que você era um ensaísta de primeira; que ar professoral, que magnífica interpretação da cadeia alimentar, somos todos então pecadores, a mácula está entre nós, o papa come carne, meu Deus.

A indústria do leite é o pináculo da magnificência humana. A vaquinha leitera é identificada, inseminada, o bezerro é separado da mãe, descartado (leia-se: assassinado) ou torturado para virar vitela (uma delícia). A vaquinha, já identificada, é novamente inseminada (enfiam um braço em seu ânus), o bezerro é separado da mãe ou morto; a vaquinha é inseminada, o bezerro-vitela, a vaquinha é inseminada, o vitela, a vaquinha produz muito leite até secar seus peitinhos e ser enviada ao paraíso das vacas, após levar uma martelada na cabeça.

Existe algo de errado com o sr. gordo? Ora, essa é uma discussão quase interminável. A relativização da vida dos animais só é comparável com a de fetos abortados, em que o egoísmo e a lascívia prevalecem sobre a moral.

A vaca é uma vaca é uma vaca. Difere do ser humano por ser uma vaca, e não um humano. Não há nada mais vaca que a vaca, e nada mais inumano que o humano.

Criaturas da perfeição, somos pró-escolha em diversas matizes políticas. Nada é mais correto e socialmente aceito que torturar animais durante anos para podermos nos alimentar e abortar nossos próprios filhos quando bem entendermos. Existe, porém, um curioso sujeito, a ser estudado, que pratica o primeiro e condena o segundo; outro, mais fantástico ainda, reprime o primeiro e louva o segundo. Sim, é sobre você mesmo que estou falando, sr. gordo.

Um pró-vida é um grande humanista: rejeita o morticínio de bezerros e fetos. Coisa rara. Não é vida o feto, seu idiota. Não é vida, não? Não. Pergunte lá na Colômbia, na Argentina; lá não é vida, é só alguma coisa que não é vida, imaterial, é uma não matéria, uma não existência, algo indescritível, sem consciência, é impossível sentir empatia, impossível chorar e reconhecer o sexo da não criança em um aparelho de um hospital e se emocionar com seu filho e pintar seu quarto de rosa ou azul a depender da posição do não existente tubérculo genital. Eu sempre soube. Não faz diferença matar na primeira, na segunda, na terceira, na quarta, na quinta, na sexta semana; são sete meses semi-idênticos, indissociáveis, igualmente irrelevantes, o corpo é de exclusividade da mulher: ela pode se prostituir se assim o desejar, pode doar sangue, se jogar do prédio, doar a medula, raspar o cabelo, doar o rim, cortar os pulsos, pode tudo, desde que não atrapalhe outrem, e feto não é ninguém, é nada. Não pertence à categoria do verbo existir; na nona semana, é um não bezerro, pois o bezerro é, o feto, não. Mais prático seria esperá-lo nascer, para depois matá-lo fora da barriga, sem causar transtornos à mãe. Mãe, não. É uma não mãe; para ser mãe é preciso ter filho e se o feto não é um indivíduo ele não é filho e se não é filho não tem mãe porque para ser mãe é preciso ter filho e para ser filho é preciso ter mãe. Mas matar é um verbo adequado porque para matar basta estar vivo e isso os abortistas não negam porque até as plantas possuem vida mas os veganos não se importam com a vida das plantas porque as plantas não sofrem quando as ingerimos então o problema não é não ter vida e sim proporcionar sofrimento a algo vivo porque é eticamente inaceitável. Então eu me enganei e existe realmente uma diferença entre as semanas de gravidez porque é justamente quando o sistema nervoso se forma que o feto passa a sentir dor e como o sofrimento não pode ser proporcionado não podemos permitir que se aborte a partir dessa semana a não ser que neguemos a validade dessa premissa ao afirmarmos que matar animais para deleite próprio não é errado.

Mas eu realmente não entendi nada nessa discussão filosófica acalorada. Eu só quero saber de uma coisa: se tu tá com fome, tu mata o bicho e come, se tu não quer ter filho tu mata teu filho. Por que o Estado é tão insuportavelmente presente em nossas vidas? Eu só queria matar os gatos da rua, mas preciso me contentar com vacas e porcos e peixes e galinhas e outros animais de menor importância moral.

Se fosse assim seria difícil ser vegano. Eu não me importo nem um pouco com a vida desses animaizinhos. Não tenho empatia, entende? Eu gosto de comer bife, eu salivo quando vejo uma carne sangrenta na churrascaria. O sr. gordo não entende, ele acha que está fazendo o bem ao não comer animais, mas come ovos e leite. É igualmente perverso, sr. rotundo. Se o sr. anafado ainda não entendeu é melhor voltar a comer o leitão e encher essa pança com coisa de qualidade.

Eu era uma pessoa egoísta, o que me fez mudar foi encontrar Jesus. Estava viajando pela Itália quando me vi obrigado a entrar no Vaticano. Desde então nunca mais fui o mesmo e sou um cristão praticante: não submeto animais, nem fetos, a tratamentos degradantes. Eu - agora - me importo.

Meu corpo, minhas regras, tornou-se para mim um equivalente a meu corpo, as regras de Deus. Pois assim deveria ser para todos que habitam essa terra de nosso Senhor. Infelizmente o pecado ronda a cabeça do povo brasileiro, acostumado a matar por seu bel-prazer, para sentir o gosto do salgado, doce, umami etc. etc.

Nós brasileiros somos hipócritas ao quadrado e o sr. gordo é nosso mascote. Matheus 7:12 há muito já dizia: "Therefore all things whatsoever ye would that men should do to you, do ye even so to them: for this is the law and the prophets."

Essa é provavelmente a mais verdadeira elucubração moral já elucidada em toda existência terráquea. Bom, eu não quero que enfiem o braço no meu ânus, nem que cortem o meu bico, nem que me prendam numa gaiola com outros camaradas, nem que me esfolem vivo, nem que me obriguem a ter filhos, nem que martelem minha cabeça, nem que separem minha prole, nem que matem meus bebês, nem que marquem minha pele com um número, nem que me fatiem em pedaços colocados em frigoríficos em mercados em pratos de brasileiros Eu não quero ser um animal, por favor.

Eu, agora já cristão, percebi que tinha transcendido e nunca poderia fazer o mal para animais ou pessoas. Regrei minha vida seguindo a trajetória do profeta Mohamed, em uma versão repaginada, atualizada para o século XXI. O veganismo era minha Bíblia.

Para me manter vivo, precisava comer. Para comer, precisava ir ao mercado. Lá, inicialmente fugi de alimentos que continham animais, mas logo percebi que isso não seria suficiente. Percebi que não estava seguindo os passos de JC (jay si), mas tão somente virando um sr. gordo mais empático. É fato que já não mais consumia ovos e leite, como o sr. atoucinhado, mas continuava a desfrutar do sofrimento animal ao utilizar roupas inaceitáveis para um bom samaritano.

Eu tinha botas de couro em meu armário, que horror! Desfiz-me completamente daquelas atrocidades e me resguardei à simplicidade. Descobri lojas 100% veganas e aderi a um estilo de vida mais sustentável e ético. Chega de lã, penugem e camurça!

No campo dos cosméticos, segui a mesma linha: shampoo? condicionador? absolutamente dispensáveis. Raspei meu cabelo e comecei a usar somente sabonetes naturais, vegans.

Meu impacto reduziu de 100 pontos para 20 quando parei de consumir carne e para 15 quando me transformei em um vegano verdadeiramente vegano.

Infelizmente, isso não era o suficiente. Logo descobri que a loja onde eu comprava minhas roupas se utilizava de trabalho escravo proveniente do Sudeste Asiático. Boicotei-a com empenho. Virei um minimalista: passei a vestir somente uma única roupa branca que lavava com água e sabão após sujá-la.

Eu não conjecturava me relacionar com outro ser humano que não seguisse minha cartilha, pois estaria absorvendo sua irresponsabilidade e ingratidão. Tornei-me um celibatário e larguei o meu emprego. Nada que eu fazia era suficiente para zerar meu impacto global. Por mais que tentasse, eu indiretamente proporcionava sofrimento ao mundo. Usar o carro poluía a atmosfera. Todos os alimentos que eu consumia foram transportados por caminhões e confeccionados por seres humanos que comiam carne e faziam sexo e andavam com seus automóveis e viajavam e trabalhavam e usavam o ventilador e energia e tantas coisas. O mundo não merece nossa presença. A natureza merece mais respeito. A única diferença significativa entre mim, o sr. gordo e um carnívoro é meramente quantitativa e não qualitativa. Eu, após tanto esforço, após ser preso por andar despido na rua, e ser liberado por dizer que era uma performance teatral, consegui 5 pontos de impacto, 95 a menos que o safado que sabe aproveitar sua vida e se deleita com toucinho e filé mignon e salmão. Não é de se espantar que os que mais convivem com a truculência e a barbárie, votam bem.

De todo, toda essa conjuntura me levou ao Edifício Itália, Aqui há vários gordos, mas nenhum sr. gordo. Do alto, a cidade é aterrorizante; aquelas formiguinhas andando, os meliantes de moto roubando, me sinto um deus com essa visão panorâmica, podendo ver tudo, mas incapaz de ver algo. É tão fascinante a nossa imaginação, tão sombria e recheada de percalços. Escrever às 04:42 é diferente de escrever às 22::00 quando solicitei ao porteiro a minha entrada. Nesse novo horário, toda minha revolta parece tão adormecida...sonolenta, desanimada. Penso em parar, voltar para minha casa, para minha vida. Não consigo descrever o que sinto, pois as palavras não são suficientes, não foram criadas para descrever o real, mas somente emulá-lo, reformulá-lo em metonímias e paradoxos e metáforas e falsas comparações. Queria somente sentir a palavra verdadeira, crua, perfeita, indissolúvel, em seu máximo significado. A minha mente envia sinapses e meus dedos só obedecem. Por que viver assim, tão só? Se é tão triste...e é tão triste. Não estou agora animado, somente um pouco sonolento, querendo terminar isso logo, mas sem uma boa conclusão para minha análise. Não sei se sou personagem ou relator, escritor. Sabe, é tão desgastante simplesmente viver sabendo tanto sobre tantas coisas, sem nunca alcançar algo verdadeiramente prazeroso, durável. Eu me sinto bem comendo polvo, carne. É uma satisfação, uma relíquia, é tão bom...Que bom que tenho o privilégio de poder pagar por uma comida descente, de saboreá-la pelo olfato e paladar. É tão impressionante o que esse mundo nos proporciona, todos os sabores, as possibilidades, a combinatória - e tudo aparenta ser tão insuficiente, a vida tão breve, mas tão longa; e os dias tão rápidos. Só queria dizer que não me importo com o sofrimento dos animais, nem com o impacto ambiental, nem com qualquer argumento ético, moral, ou o que for. Eu vivo para comer, não como para viver. Só olho para esse papel higiênico que tenho aqui em minhas mãos, todo o esforço que fiz para mudar de vida, eu queria ser uma pessoa mais empática, mais verdadeiramente amável, mas eu simplesmente nem amo, nem odeio o meu redor - me é completamente indiferente saber que bilhões de animas são torturados todos os anos, que crianças morrem de fome na África. Não quero saber; na verdade eu quero, é instigante, é curioso, mas, na prática, não muda nada: não vou me engajar nisso nunca mais. Eu vou descer o elevador e pedir a melhor janta italiana possível. O papel está acabando e já não tenho mais paciência - tenho fome, delícia, quero uma macarronada com muito queijo e carne desfiada, quero terminar isso logo, comer muito, encher a pança, quero ser o sr. magro, sem remorsos, com volúpia, lascívia, toucinho, churrasquinho, morte na minha boca, salivando, gosto de ferro, minha língua lambe-lambe naquele leitãozinho esquartejado, quero fazer vídeo de comilança, desperdiçar comida, cheirinho de defumado, amo muito tudo isso, agro é pop, é meu coração em chamas querendo mais, mais fibra, músculo, cérebro de boi, jacaré, ovo de avestruz, o sr. magro sabe muito bem que um rolo de papel higiênico de qualidade deve garantir absorção, suavidade e qualidade. Deve ser econômico e macio. Como não usei efetivamente o rolo no qual escrevia, não posso garantir sua qualidade, mas posso sim afirmar que ele serviu bem ao seu propósito ao permitir uma enumeração dos alimentos que abandonei naquele dia e sobre os quais pouco penso, pouco tenho vontade de voltar a consumir e pouco dou valor.

Nas informações técnicas da embalagem do rolo de papel higiênico, descobri que ele mede trinta metros de comprimento, dez centímetros de largura, é gofrado (não sei o que é isso), e tem uma gramatura (pouco sei também) que varia de treze vírgula cinquenta a quatorze vírgula cinquenta unidades de algo não especificado. Em uma linha, consigo escrever somente cinco palavras. Usando o rolo inteiro eu conseguiria...vejamos, não sei bem. Não estou muito familiarizado com contas aritméticas de tamanha complexidade. Na verdade, estou confuso. Vim aqui em cima do Edifício Itália para me despedir desse mundo cruel que maltrata animais sadicamente para nosso próprio deleite. Iria escrever um longo témoignage sobre como minha vida é complexa, cheia de problemas existenciais e identitários, recheada de pais pouco acolhedores, de familiares pouco compreensivos...

Sabe, pensava que seria muito fácil simplesmente me desvincilhar de minha existência; bastaria subir o Edifício Itália e, como se estivesse na Torre de Piza, inclinar-me-ia um pouco para a esquerda, e um pouquinho mais, até que meus olhos pudessem ver os carros passar nas ruas da selva de concreto, até que meu pés se chocassem com a dobra do prédio e eu finalmente pudesse dar um passo a mais para então deixar de existir.

Quanta tolice. Esqueci até mesmo de fazer a associação com o conto que eu havia lido. Esqueci de fazer uma carta de despedida. Esqueci que, por mais que eu tente, eu nunca conseguirei realizar meus sonhos e qualquer tentativa de suicídio me levaria justamente a renascer como uma fênix, mas num corpo de um indiano esfomeado pouco preocupado com elucubrações insensatas.

Se tem uma coisa que tenho absoluta convicção, é que é impossível ser vegano sem antes se matar. E por enquanto eu quero viver.

SALMO

La Solitudine

Por mais espraiada que seja a constituição mesma da solidão, por mais grotesca, infértil, descabida, que seja a contemplação de uma parede em meio à noite, por mais aparente, por mais indolente, nada me constringe a relatar, a necessariamente relatar, a minha mais recente obsessão pelos alimentos, pelo salmão que fora pescado há não sei quantos dias e que agora o encaro misturado ao arroz.

De toda sua forma, de sua maciez, consigo extrair um trejeito-peixe que muito me apetece, um munido de cores alaranjadas, rubricadas, talhadas em negras linhas sem se perderem para o branco do prato, para a branca branquitude branca do arroz.

E é de um branco tão encantador que me restrinjo a decifrá-lo parcamente. Não é somente a soma da branquitude dos grãos brancos que o faz mais branco, mas o enredamento de particulares multiformes que constituem um mosaico vivo em sua temporária integridade – ou quase eterna desintegridade.

É que cada garfada, cada talher tinindo, raspando no vidro-prato, é mais uma montagem, uma fotografia, um registro de um momento, de uma dispersão mal calculada, dadaísta, quase ensaísta se não fosse o despretensioso – e necessário – encontro entre o alimento e a boca mastigativa, a qual consente às partículas arrozinas. Saboreando-as em meio à paz, ou devorando-as como na guerra, na correria de um quase levantar, só não as sinto... e não as sinto.

Mas, quando por algum motivo (intencional ou não), verifico um sabor diferenciado, um filete de salmão perdido em meio ao mastigar, posso garantir aos senhores leitores que não há nada nesse mundo que me deixe tão contemplada.

As linhas do salmão são tão singelas... sua tonalidade tão arraigada... ah, sim, e aquilo é só uma parte, é um pedaço perdido de seu corpo mediano. Ele é muito mais: é olhos e boca, listras por todo o corpo, lembranças de ursos e cachoeiras, gordura... é peça, triângulos em retângulo e retângulos em paralelepípedo-peixe, e é cor, cor cinza que esconde, olho vidrado, desalmado, boca aberta. Tem pintas, cortes multifacetados, riqueza do sushiman, talento da faca de corte, da raspada, do embrulho, da montagem de castelos e de fileiras. E imagine aquelas peças amontadas, umas sobre as outras meio que escorregando, meio que um morto-vivo despedaçado que tenta fugir, surrupiar por entre seus pares, por entre seus familiares ou por entre seu próprio antigo ser. Não sei que memórias retêm os salmões, o creme sobre a pele, o cone-alga, a perfeita mistura com arroz japonês, com arroz brasileiro, com molho preto, com molho verde, pimenta do reino, shoyo. A grelha cicatrizando o salmão; o salmão sentido a grelha, a mão despejando sal, o sal junto à mão, as sílabas unidas constituindo um ser complexo, um anglo *salmon*, um franco *saumon*, um hispano *salmón*. É como se a tonicidade dos dizeres representasse um novo ser; possibilidades de comilanças mil; imaginários de pesca sobre águas marítimas distantes a perder de vista-cheiro, de sentir uma brisa e um cardume e a vara de pesca, comidas-iscas, minhocas talvez, nunca pesquei, um não-sei-o-que-arpol, um molinete, uma carretilha, uns instrumentos sem nomes, uns gritos de alto lá! Um banquete de ricos, um divertimento, uma renda de pescadores sujos, de marinheiros vis e esposas prenhas de gerações de caçadores de salmões, destruidores de lares, afugentadores de corais, de peixes em alto mar, de predadores naturais; uma destruição criativa que alimenta milhões rotineiramente, uma fábula globalizante que passo a mastigar com amargor, um dente meu que esbarra na língua... sinto filetes de sangue adentrarem em minha garganta.

Engulho espantada. O vermelho-sangue esbarra em meu paladar, destruindo todo encanto, toda fantasia de uma refeição às quatro da manhã quando o marido está dormindo esbaforido e a mulher sentada no quarto ao lado, encarando a parede, a tristeza pouco profunda, sem saber se dorme ou termina de comer. Mas o sangue a desperta de qualquer alucinação, de qualquer conversa terapêutica consigo mesma, de qualquer tentativa de descobrir, pela força do pensamento, se o salmão é pescado nos mares índicos ou se colhido em rios canadenses. Finjo-me entendida, finge-se entendida a mulher-esposa que está cansada de um marido sabichão, engenheiro, conhecedor de salmões. Não é como se ontem, ontem mesmo às dezenove e trinta quando o esperto bateu à porta e me disse, sem um pausa sequer, que, abre aspas:

amor, trouxe salmão fresquinho para comermos. comprei-o do peixeiro e ele me garantiu que este é especial, que é um cardume novo das índias orientais, do país dos peixes dourados e bem-criados, que não faz mal pagar um pouco a mais, um tanto a mais, por um gosto mais saliente, mais robusto, digamos. não, não! não basta aquele salmão que comemos na semana anterior ou que porventura hemos de comer em um jantar ulterior em algum recanto paisagístico de nossas amadas praias. não, não basta. para uma ocasião especial como esta, em que a vejo por inteira cuidando da casa, animada e, por um infortúnio, empregada, é necessário, quando muito intensamente necessário, que desfrutemos de suas férias remuneradas (por mim, meu bem, por mim) enquanto durarem. ora, e que dure, amor, que perdure como uma retenção salmonesca no paladar e, por favor, não se engane: não é só de peixes que uma mulher vive, pois, como bem se sabe, todo peixe acompanha arroz e todo arroz acompanha um vinho do porto, e um molho a seu gosto, que o peixeiro dessa vez não deixou a desejar; afinal, ele me presenteou de muito bom grado com uma especiaria amarela de nome impronunciável, mas que agrada a todos, e digo todos os amantes da gastronomia, os arautos do salmão, do filé que repousa sobre um prato esperando ansioso, aguardando imensamente, uma primeira garfada de uma mulher esfomeada, uma que limpou os armários, que certamente não jogou, por favor, a poeira para baixo do tapete e que, principalmente, gestou bem as três semanas dessa linda criança que carrega em seu ventre. devemos cuidar bem da criança, a doutora pediatra salientou!

Fecha aspas.

A situação é severa quando se percebe que o filete de sangue se transformou em uma obstrução do paladar, comprometendo qualquer fortuito arremate de novas peças de salmão do peixeiro da rua ao lado. Infelizmente, não havia como continuar com aquele meu deliciar e tive de decidir me levantar. Os olhos, perdidos em meio à escuridão do quarto, logo decifraram os caminhos para o abajur, que, convenhamos, estava no criado-mudo encostado à cama e a menos de um metro de meus ombros, os quais, forçando deslocamentos ósseos, conseguiram movimentar meu braço e antebraço para realizar a mais difícil tarefa daqueles últimos cinco minutos: forçar meu dedo a mover para baixo o botão da luz, algo deveras curioso para um abajur. Quando o recebi de presente de minha avó, há dezessete anos, também notei esse estranho detalhe, esse curioso abajur desprovido de cordinha para puxar - e a minha avó, toda excitada, disse-me com um sorriso aberto, quase esbravejante, que era a mais nova moda do momento, um abajur novinho, um modelo perfeito para se ter em casas modernas providas de paredes brancas e botões retangulares acoplados à tintura, como siameses semi-indistinguíveis. Um aperta, o outro acende.

Por sorte, ou por contínua destreza do fabricante, o abajur passou a emitir luz. Como num passe de mágica, um perímetro fora fortemente iluminado e sombras, inexistentes na anterior escuridão, surgiram nas paredes do quarto. Sombras de um corpo deitado na cama, de uma cama, de um prato, de arroz e de salmão – sem falar dos móveis, do criado-mudo e do armário. Sombras, enfim, de tudo que havia materialmente naquele quarto, inclusive das gotículas de sangue que começavam a pingar sobre o lençol branco, manchando-o e ceifando seu destino como lençol limpo.

Mas não havia sombra do espírito do salmão, o qual certamente pairava no ar, constrangido com a interrupção de seu flagelamento, de um deleite imperdível e, infelizmente, acabado. Não restava mais nada para aquela mulher bem-casada, nada que não fosse levantar, abrir a porta, verificar se o marido dormia, andar de fininho, os pés descalços e empinadinhos, no piso de madeira da sala e no azulejo frio da cozinha para, então, abrir a geladeira, despejar cuidadosa o salmão e jogar fora o arroz numa lixeira de orgânico qualquer.

Cascas de banana e restos de comidas azedas receberam com desconfiança o arroz, encarando o rosto oval da mulher cobrir, como em lua crescente, e como em lua cheia, a circunferência da lata de lixo, da lixeira por assim dizer. Não lhes parecia muito adequado um arroz tão bem tratado, tão bem escolhido pelo marido, cair naquele breu de abandonados; era, de certa forma, um pecado imperdoável.

Mas em nada a afetava, a essa mulher tão bem empoderada, as lástimas de bananas, de restolhos perdidos em putrefação própria. Suas mãos agora já se lavavam à pia, e seus lábios pareciam parar de receber o sangue de sua língua entrecortada. A ela, e a mim, nada restava senão o deleite de um sono profundo, de um caminhar por entre o escuro do apartamento, pela dança de cadeiras que vez ou outra se esbarravam e provocavam um ruído desagradável, tal qual um bêbado em amarelinha. A mulher...A mulher tateava o ar imaterial e entrelaçava os dedos nas paredes obscuras que a levavam ao quarto de hóspedes, sua mais nova residência. E seu filho parecia revirar-se inconformado em seu ventre, reclamando à santa a próxima refeição. Desanimado, o feto, sentindo as primeiras características do salmão, não poderia, quando muito quisesse, contentar-se com uma incompleta refeição, com a parcial descoberta da felicidade de se comer e de se viver.

Quando os pés descalços já alcançavam o corredor, um notório vulto surgiu à frente, imbricado na última parede escura, os olhos brancos resplendentes. A boca emitiu um punhado de palavras desconexas que envolviam uma matriz de sono, confusão, porquês e porquês a rodopio. Mas tudo que consegui responder foi um suspiro cansativo, um gesto de pare, logo substituído por um braço em movimento em direção ao quarto à direita do vulto.

Mesmo quando o vulto, que já não me parecia mais um vulto, agarrou-me, puxou-me pelo antebraço, nem me esforcei a responder. Desvirei-me empinada, as costas pouco arqueadas, a vontade mais delimitada, a cama mais nítida.

Puxei o cobertor e me larguei na mais nova vermelhidão do lençol. Nem precisei visualizar a porta para saber, do fundo do meu coração, que estava tudo bem, que nada mais existia naquela casa que não fosse o espírito de um salmão.

SOBRE COMO UM MENINO DESPRETENSIOSO E UM DESPRETENSIOSO MENINO COMPETEM PARA MANTER AS PRIMEIRAS COISAS QUE ESCREVEU (MAS COM UM LIGEIRO RUBOR) OU SOBRE UM RASCUNHO DE UM LIVRO DE TREZENTAS PÁGINAS QUE TINHA VONTADE DE ESCREVER OU MINHA EMULAÇÃO DA MEDIOCRIDADE DAS HISTÓRIAS ATUAIS, MAS MENOS POÉTICA

Eye in the Sky

Um jantar brasileiro. Era como um Debret pincelado sob a luz do luar. A mesa posta esbanjava o que há de melhor. Ao meio, a galinha caipira jazia douradinha. Morta aos socos na noite passada, fora cozinhada com zelo: cortada em pedaços, temperada com sal e pó de urucum, com pimenta e alho, com o toque do maço de cheiro verde. Nos extremos da tábua, sentavam-se, cada um em suas cadeiras de madeira recém polida, um macho e uma fêmea. O esbelto homem, com as pálpebras semicerradas e a narina a postos, observacheirava a sopa de rabanetes - e observacheirava a taça de vinho português que a acompanhava. Presente de seu tio, era o destaque do jantar. Vestia um colete branco com bolinhas vermelhas que saltavam aos olhos. No braço direito, o lenço amarelo marcava o Oliveira de seu nome. Luís Augusto Oliveira, de um ramo há muito perdido de uma pequena nobreza ibérica. A sua frente, Carolina, com vestido amarelo de seda, distraia-se com os animaizinhos a seus pés. Alimentava--os com pequeninos pedaços de tâmaras silvestres, vez ou outra intercaladas por laranjas perfumadas. Banhadas ao mel, as bergamotas divertiam os miúdos pretinhos. Dois, por sinal. O mais velho era o mais esperto: levantava-se prontamente quando a madame dava sinais de que estenderia as mãos de cristais em busca das iguarias dispersas pela mesa. O mais novo, não. Comia quieto. Contentava-se com pouco. Divertia-se com as sementinhas que se pareciam com sua cabecinha raspada. O comportamento dos dois é o que os diferenciava. Eram iguais em tez e em físico. O pequeno, de três anos, observava, sentado nu ao chão, as meias de seu senhorio cobertas pelas alpargatas. O piso de madeira não o deixava com frio. Não era nada a se reclamar. Mas, ainda que estivesse na aurora de sua inocência, percebia algo de estranho no contraste de seu corpo descoberto com os majestosos panos do homem a quem chamava de pai. Não era nada a se pensar muito. Não tinha idade para tanto. Continuava a brincar. Ao lado da mulher dos braceletes dourados, outra plantava-se em pé. Um vestido branco contrastava com sua pele escura. Formava uma imagem pitoresca. Era uma verdadeira mulata. Os seios rechonchudos combinavam com o colar de pérolas que circulava seu pescoço forte. Os brincos, brancos. A tiara, branca. Tudo perfeito. Não. Não tão perfeito. O incipiente buço estragava seus lábios carnudos e a sujeira se acumulava em seus pés descalços. O pó preto escurecia-se na mais escura das planícies. Abanava sua senhora. Olhava fixamente para baixo. Nem para Luís, nem para Carolina. Nem Muiz, nem luteolina. Mas Muiz a cumprimentava com o canto dos olhos. Devorava-a. Postava-se ao lado de Luís. Com braços cruzados. Com ar rígido de quem manda nos mandados. Vestia um conjunto carmesim. Quase desbotado, mas ainda assim valioso. "Presente de meu senhor", dizia ele. "Presente". "Presente". Era pelo bom comportamento. Merecido, certamente. Ostentava-o, assim como seu nome de família. Bradava "Jawari Muiz". Era o único que podia. E como podia! Há muito conhecera um profeta que o enganara. Um "ya kalb", ele dizia. Dizia, dizia, dizia. Gritava com o balançar do navio. "Bint kalb", onda pra cá. "Bint kalb", onda pra lá. E os outros não entendiam. Não o entendiam. E ele esperneava. Parava para as rezas. Mas se flagelava por não saber a direção certa. Arranhava as unhas nas costas. Tremia. Chorava. E se batia pelo chorar. E se socava pelo tremer. Até que chegou. E, quando achava que iria piorar. Quando achava que os relatos eram verdadeiros. O horror do oceano. A travessia. O medo crescia. E chegou. E Ele estendeu a mão. O Homem mais belo que já viu. Foi Ele quem o tirou da tormenta. E agora estava ali. Protegendo-o. Um olho na ama, um olho Nele. Um olho na delícia do futuro e outro no prazer do agora. " Escolha algo, Jawari". "Senhor?". "Aproveite". "Certeza, senhor? Não mereço, não mereço." "Vamos lá, escolha algo. Melancias, bananas, tâmaras, laranjas, uvas, pitaias. O que quiser." E comeu. E o que era surpresa virou rotina. E o que não era, era. O vício deu forma ao palato. Às suas costas, Amara punha-se na entrada da sala de jantar. O sagu estava pronto para ser servido. Junto ao mugunzá, era uma combinação perfeita. Era sabido. Conhecia bem as receitas. Fora cozinheira de um dos mais renomados barões da baixada. Depois de seu enfarto, fora vendida a Oliveira por trinta sacas de café. Mais do que Chiamaka e Jawari juntos. Muito mais do que os dez lá fora. Sabia seu valor. E impunha sua vontade. Os grilos cantavam lá fora. Atraíam as fêmeas. Desesperados. Sedentos por sexo. Cada qual em seu próprio solilóquio clamando por amor. As asas anteriores abriam e fechavam freneticamente. Ninguém vinha socorrê-los. Não podiam voar. Não eram a graúna. Um passou perdido pela soleira da porta. Os olhos psicóticos tudo viam Um conjunto incompreensível. Corpos largados. Alguns deitados, outros sentados. Abarrotados. Quase nus. Não entendia, o grilo. Não era para se entender. Gostava era do calor. Do ovopositor penetrante. Das antenas filiformes dançantes no ato. Gostava era do... Um susto. Uma mão rápida. Pegou-o. Levou-a à boca. Abriu-a. Cerrou os dentes. Mastigou saboreando bem. Bom. Lembrou da infância o gosto de camarão. Engoliu. Lambeu os dedos. Voltou a dormir. Ou quase. Eram uns dez. Nem os catorze do argentino, nem os treze da besta. Seria metafórico o labirinto da negritude e trágica a segunda escolha. A terceira via, porém, era a que mais condizia com a verdade; o redondo dos zeros parece sobrepujar as referências; o último dos romanos, ao menos do que se lembra, parece confluir os séculos em um só momento, em uma só cadência de sentido que se refletirá no porvir dos capítulos. Então, define-se dez corpos. Uns mais fortes do que outros. Alguns moribundos, quase mortos. Talvez um ou dois estivessem com o pé no outro mundo. Cada qual com seu mundo. Línguas diversas. Incomunicáveis até chegarem à Terra de Santa Cruz. Não que fosse ainda chamada assim. Não era mais santa. Mas não era mais Brasil. Viria a ser ordem. Progresso, uma fantasia. Estava no meio-termo. Entre santa e o agora. Não que as datas sejam de todo inúteis. Mas não vale o esforço. Os críticos apontariam as inconsistências: os talheres que não existiam, as comidas inverossímeis. Esmiuçariam o texto em busca de falhas. É melhor não. Fiquemos com o meio-termo, então. Pois é a verdade. Muitos a viram. Eu não. Ouvi dizer. Li relatos. Fiz amizades com os mortos, com aqueles suicidas amantes da escrita que matam suas sombras para entrar em intermináveis anais. Aumentei algumas coisas. Recortei até fabricar a verdade. Entre os dez e os oito havia um pequeno campo, além de um par de cachorros que dormiam às estrelas. A sombra da casa branca, se fosse dia, estender-se-ia sobre a senzala. À noite, poucos conseguiriam ver a humilde construção de tijolos alaranjados que abrigavam os dez moribundos. Alguém que olhasse pela varanda veria a luz do luar refletida no mar. Se forçasse os olhos, talvez visse o sofrimento que emanava da casa pequena. Uma casa nem um pouco engraçada. Sem esmero. Só com o cheiro do suor de pretos esfomeados. O banquete continuava. Mas já haviam servido a galinha. A sopa. As tâmaras. A água. O vinho. E nada dela chegar. A sobremesa - o sagu- estava pronta. Feita com capricho por Amara, o sagu ansiava ser devorado por Luís. Sua sobremesa predileta. Mas faltava alguém à mesa. Como que num perceber, iniciou-se o diálogo entre marido e mulher. Augusto, ouviu as novas do caixeiro-viajante? A preocupação feminina estampada. Continua. Parece que Salvador amanheceu com papéis pregados nas igrejas. Disse que clamavam por liberdade e que. Uma interrupção seguida de uma frase mal feita. Desde quando mulher fala de política à mesa? Mas Augusto... pode ser preocupante. Uma rebelião. Sapateiros. Pobres. Leprosos se reunindo nas ruas. Misericórdia! Além de escutar a minha mulher falar tenho que ouvir sobre fantasias revolucionárias de pedintes e desvalidos! Julga que estamos onde? Na França? Mas...Aliás, onde está Ana que não a vejo há horas? Jawari... O preto vira-se ao seu senhor. Viu-a recentemente? Não, senhor. Vou verificar em seus aposentos imediatamente. A verificação não durou muito. Não tardou para que o capitão do mato subisse as escadarias, espiasse os quartos e voltasse sem respostas. Não está em seu quarto, senhor. Quer que eu verifique ao redor da casa? Sabe como ela gosta de brincar com os manacás do jardim. Fica horas tirando as pétalas rosas, cantando cantigas de Não será preciso- interrompeu Carolina- A minha filha acho eu. E saiu de súbito da sala de jantar, passando por Chiamaka, Jawari e Amara. Percorreu a cozinha e foi ao salão de entrada. Nada. Saiu de casa chamando pela filha querida. A preocupação começava a bater. A essa altura, Luís já havia desistido de comer o tão aguardado sagu. Saiu em busca da esposa. Os três escravos continuaram na mesa de jantar. Resolveram adiantar o serviço limpando a mesa. "Logo que a dona Carolina encontrar a filha, a mesa deverá estar limpa para o seu agrado". As crianças pequenas continuaram a brincar com as frutas. A mulher passou de preocupação a desespero. Não encontrava a filha. "Ana!". "Ana, não tem mais graça!". "Já tem quinze anos!" E o desespero virou raiva. " Se não vier aqui agora vou te esmurrar como...". E viu uma mancha na trilha para o matagal. Uma macha escura. Percorreu a trilha, passando pelo casebre onde dormiam as pretas da casa. Fazia calor do lado de fora, mas começava a surgir uma forte brisa marinha que despenteava os cabelos da dona. Andou devagar até a mata. " Sangue", pensou. Atrás, o marido vinha a seu encontro. Achou roupa presa em um galho. Achou uma sapatilha perdida em meio aos arbustos. Pressentia o pior. Não enxergava nada, mas sentia o cheiro de algo podre. Ouviu o marido se aproximar. Latidos. Trazia consigo os cachorros farejadores. Trouxera também um lampião que fez sumir o breu. Os cachorros cheiraram a roupa. Inteligentíssimos, seguiram o faro. Aguçados, sumiram na escuridão. Até que uivaram. Os senhores seguiram o chamado. Ouviram o som do córrego à frente. Da água raspando em pedras. Da correnteza se avolumando. Dos peixes seguindo ao mar. Então Carolina a viu. E abriu-se uma fissura no silêncio da noite. Tudo o que a senzala, a casa grande, o casebre e os grilos puderam ouvir foi o grito de uma mulher horrorizada. E o choro dos cães. Ofélia. Era como um Millais, mas menos dramático. A jovem estava largada na beira do rio. Seu vestido branco de cetim estava sujo, embrenhado em líquens e flores mil. Seu colar de larimar continuava preso em seu pescoço branco. Branco, sim. Mas menos do que o restante de seu corpo. Passava a impressão de ter sido pressionado, pois o roxo começava a surgir. Boiava lindamente. Havia certa beleza na morte. A mão esquerda até segurava um caule, como se a menina não quisesse se desagarrar de sua paixão terrena: a flor de manacá. Os peitos estavam cobertos pelo vestido. Intacta. Os cabelos, soltos e presos na água. A boca, aberta com dentes límpidos à mostra. Era um belo rosto. O mais assustador eram seus olhos. Perturbadores. Azuis, vidrados, sem alma. Como se o calor do coração tivesse fugido pela íris. Como se o pulsar corresse aos braços da morte. E toda essa beleza, digna do mais airoso museu, causava espanto aos desavisados, aos sentimentais. Foi aí que a mãe gritou. Ininterrupta. Soluçava. Chorava. A raiva se transfigurou. O ódio apareceu. Voltou a dor a si. Cravou suas unhas em seu rosto e rasgou as bochechas até sangrarem. Desmaiou. O marido veio acudi-la. Chamou os pretos aos berros. Chegaram os três, largando as crianças na sala. A cara de espanto varria-os. Não sabiam o que dizer. Não foram treinados para isso. Amara sabia cozinhar. Chiamaka, dar leite. Jawari, mandar e obedecer. Nenhum consolo poderia vir de seus lábios chocados. Luís gritou qualquer coisa e eles obedeceram sem nem pensar. Por dois dias não houve fala. O silêncio percorreu a mata. Até os grilos se calaram. Ninguém foi ver como estavam os dez escravos largados na casa pequena. Carolina continuou desmaiada. Fora carregada por Jawari até seus aposentos e lá ficou repousando como quem não quer acordar. Na noite da descoberta, a lua se prolongou como boa amiga que era. Esperou que fossem cumpridas as ordens de Luís. Jawari carregou o corpo de Ana até o jardim. Cobriu-o com um lençol. O enterro havia de esperar. Amara, Chiamaka e as duas crianças foram colocadas por Jawari no casebre. Luís achou melhor prender os pretos até o legista chegar. Afinal, alguém havia assassinado a sua filha. Confiava somente em Jawari. Tinha seus motivos. O preto o obedeceu servilmente. Quando a lua se cansou, o sol resolveu aparecer. Junto à luz, veio nova ordem. "Jawari, pegue os cavalos e vá à cidade grande em busca de um médico legista. Também traga um padre para o enterro e conforto de minha esposa." Depois da saída de Jawari, Luís foi ao armário de armas e pegou sua espingarda favorita. Colocou-a embaixo da cama. Trancou o armário, fez um colar com a chave e passou a usá-lo em seu pescoço. Nenhum preto de sua fazenda tinha armas. Nem mesmo Jawari. Este só usava o chicote. Cavalos Árabes Lutando Em Um Estábulo Delacroix se infiltrava em memórias há muito perdidas, há muito esgarçadas pela travessia. As patas dos animais faziam voar terra. Jawari montava no mangalarga da frente e outros dois alazões vinham em seguida. Sentia o roçar de suas vestes com o dorso do cavalo. O cheiro da crina molhada se confundia com a chuva. E o sol queimava a pele. Um caminhar seco à cidade. Uma chuva torrencial que confundia a cavalaria. E o calor brasileiro. E o suor em seu rosto preto. O salgado correndo em suas bochechas, em suas cicatrizes. Gritos no silêncio da estrada de terra. As imagens se formavam. A tranquilidade da poeira dava luz ao horror dos cadáveres que se acumulavam em montanhas sem nome. Os horizontes se confundiam. O passado encontra o presente. Os cavalos se multiplicam. Cessa o calor. Abre-se a destruição criativa dos homens. Foge a caixa de Pandora. E descem do céu as efêmeras gotas de água que originam os vermelhos rios da solidão em grupo. E do caminho tupi surge a senda árabe. "...só a Ti adoramos e só de Ti...". "Ajustar conjunto!" "...e só de Ti imploramos ajuda" "Mirar!" "...guia-nos à senda reta..." "Disparar!" "...à senda dos que agraciaste..." Chegava a saraivada de flechas. Cortavam o ar em quase parábola. Vinham do alto dos morros numa clara vantagem tática. Foram pegos de surpresa. Levantam-se os escudos. O garoto se protege como pode. Fecha os olhos e continua a murmurar a reza. Sente o respirar de sangue em sua face. Desperta. Retira a espada da bainha. Vê os primeiros caídos com flechas em seus ombros, com perfurações em seus crânios. Alguns poucos agonizam. Mas não há tempo para contemplação, uma nova sequência é preparada. O comandante negro dá as ordens. Sentido o clamor da vitória, o exército passa a subir o morro. Do alto, os infiéis lançam novas flechas. Novos escudos são levantados. Novas vidas perdidas. A marcha continua irrefreável. Aproximam-se dos arqueiros. Não há mais oportunidade de novas flechas. Os arqueiros recuam antes da chegada dos bárbaros. Dão lugar à cavalaria. Investidos em seus coletes de linho, os cavaleiros formam um paredão impenetrável. Entre centenas, um levanta o brasão do leão. E Deus, não sei qual, responde com chuva. Gritam em língua alienígena. Sacam as armas e descem em onda de destruição. Decepam-se cabeças. Cortam-se braços e pescoços. Atolam-se em lama incipiente. Caem às dezenas. Esmagam-se centenas. E antes de atingir a glória do morticínio, uma pancada o tira de combate. O garoto cai e, feito milagre, caem corpos em seu corpo desacordado. Mas, antes do desmaio, vislumbra uma gigantesca sombra passar voando sobre as terras devastadas. Uma sombra que pareceria uma enorme borboleta, se não fosse o estranho e assustador som de suas asas. Deus, provavelmente o sarraceno, atende a seus pedidos. Protege-o da morte por esmagamento e encaminha-o à senda requisitada. Abre-se o caminho de um menino. E, perdido em reflexões, Jawari continua a cavalgar. Segue as ordens de seu novo mestre. Tem ódio do profeta que o enganou. Segue as ordens de seu novo mestre. Tem vergonha da batalha que o condenou. Segue as ordens de seu novo mestre. No estábulo, dois homens fazem suas apostas. O de azul, deitado, torce para o branco. O de branco, em pé, torce para o marrom. Finda a disputa dos cavalos. Cessam-se as apostas. O cavalo do passado sucumbe. Vence o cavalo do presente. Prostrou-se o perdedor. Salvator Mundi. Viu-o caminhando feito Da Vinci. Não que conhecesse o florenciano. Nos sonhos era possível. Nos pesadelos também. Tinha os dedos da mão direita cruzados. O indicador com o pai de todos. O polegar aproximando-se sem tocar. O pulso em sua direção. Queria indicar algo; ela sabia. Vestia uma túnica azul com traços vermelhos. Era branco como nas pinturas. A pele clara combinava com seu cabelo castanho. Um longo cabelo divido ao meio. Com tranças que caíam aos ombros. Seu rosto era dotado de dois filetes de sobrancelhas. O nariz era grande e bonito. Percorria o centro da face, definindo a simetria. Os olhos calmos, quase sem olhar, ditavam a tranquilidade do ambiente. Os lábios inflexivos calavam as amarguras. O fundo escuro se contraponha à luz do Senhor. Ele segurava as trevas. Ele, quem nos salvou. Uma visão. Um rio correndo. Rápido. Furtivo. Uma criança fugindo. Um rasgo no vestido. Preso em um galho. Os latidos dos cachorros. A gritaria. O inferno subindo no descer das lágrimas. Um urro. Um berro. As unhas rasgando a carne das bochechas. O sangue escorrendo. O desmaio. O acordar. Carolina via a luz do sol entrar pelas persianas. Seria um inusitado devaneio a morte da filha? Não. Sabia que era verdade. Não sentia mais a sua presença. Sentia um vazio. Um nada a apertar-lhe o peito. Encarava o sol. Redondo. Brilhante. O mesmo que muitos encararam desde o surgimento do verbo. Deus disse: “Faça-se a luz!” E a luz se fez. Sentia as pernas dormentes. O tronco cansado. Fedia. Sentia a urina descer pelas coxas. “Onde está Luís?”. Passou-se um tempo até perceber a dor em suas bochechas. Estavam arranhadas. Cortadas. Suas unhas estavam impregnadas de uma mistura de sangue e sujeira. Levantou devagar o pescoço e observou o cômodo. Estava em uma cama de casal, mas seu marido já não mais estava. Viu os quadros nas paredes a encarando. A porta do corredor estava entreaberta. Na beirada da cama, frutas a esperavam: bananas descascadas e uvas. Não sentia fome apesar do vazio do estômago. Houve uma tarde e uma manhã: o segundo dia. Apoiou as mãos no criado-mudo e sentou-se na cama. Sentia-se fraca. Levantou-se com cuidado. Deu início ao caminhar. E Deus viu que era bom. Saiu pela porta entreaberta. Não parecia haver ninguém no andar superior. Desceu a escadaria. Degrau seguido de degrau. Devagar, devagarinho. Chegou ao térreo. Passou pela sala, pela cozinha e pela sala de jantar. Ninguém à vista. Voltou à sala e saiu de casa. Então o Senhor Deus formou o homem com o pó do solo, soprou-lhe nas narinas o sopro da vida. Era um lindo dia. Ouvia os pássaros a cantar. Via a floresta à sua frente e, mais distante, o mar. Viu o casebre e a senzala. " Onde estarão os pretos?", pensou. Ao lado da casa, viu um lençol branco embrulhando algo. Estremeceu. Sabia o que era. Desviou os olhos. Do Éden nascia um rio que irrigava o jardim e, de lá, dividia-se em quatro braços. No horizonte, percebeu vultos se aproximando. Quatro sombras sob o sol. Três a cavalo e uma a pé. O primeiro chamava-se Fison; ele banha toda a terra de Hévila, onde se encontra o ouro, um ouro muito puro, como também o bdélio e a pedra de ônix. Via um homem alto sentado no cavalo. Usava um chapéu aristocrático, um fino terno preto e um bigode que se levantava nas pontas. Fumava um charuto e esboçou um sorriso triste quando avistou sua velha conhecida Carolina. Era Aníbal. O nome do segundo rio é Geon, o rio que banha toda a terra de Cuch. Via outro homem e outro cavalo. Esse bem conhecido. Estava sem camisa, com calças largas e sujas de barro. Era o preto Jawari. O nome do terceiro rio é Tigre. Corre a oriente da Assíria. Via um terceiro homem em outro cavalo. Era esguio e careca. Possuía somente uma pequena quantidade de cabelo cinza que rondava sua lustra testa. Usava óculos arredondados. Um rosto retangular, o dele. Lábios finos, irretratáveis. Era um sujeito estranho. Vestia uma batina. Fitava Carolina com seus olhos cortantes. Era o padre. E o quarto rio é o Eufrates. Andando, vinha o marido de Carolina. Recebia os recém-chegados. O Senhor Deus tomou o homem e o colocou no jardim de Éden para o cultivar e guardar. A Origem do Mundo. Foi um espanto proporcionado por Courbet. Nunca vira tamanha beleza. Crescera na aldeia. Caçara, pescara, banhara-se nos rios. Não havia tempo, nem idade, para se dar ao luxo de se atentar a frutos proibidos. Depois da vinda dos brancos e do roubo de seu orgulho juvenil, não pôde desfrutar de sua adolescência como deveria. Os brasis não tinham lugar para aventuras descabidas. A colheita, o plantio, a obediência em normas. Ele a seguia de cabeça baixa até chegar o dia em que a conheceu. E o vento levou o tempo e os meses levaram os dias e os anos, os meses. Via sua integridade pela primeira vez. Era uma bem-vinda surpresa. Olhou-a com desejo. E ela retribuiu. Era espetacular a floresta em meio ao mar imberbe. Saiam da mata dois troncos menores e um muito maior. Os menores eram rechonchudos. Continuavam infinitamente para dar sustento ao maior. Este recebia a medalha de prata. Não tão esplêndido como a floresta, mas carregado de fartos corcovados delicados. Uma rosa estava à mostra, a outra coberta pelo vestido que não fora de todo retirado. De seu ângulo, não podia ver o rosto da amada. Mas sabia que ela sorria. E aguardava ansiosa o desabrochar. Aguardava largar o que outrem denominaria segredo da jurema. O destaque era uma floresta completa. Negros pelos dobrando-se em labirintos mágicos protegiam a fenda do prazer. Até então, os segredos da floresta não haviam sido desvendados pela menina. Sabia, contudo, que, no mínimo, existia um rio intermitente que ora aparecia para despejar as impurezas do que fora bebido. Este perpassava pela gruta. Mas não estava interessada em cavernas. Ele, muito menos. Ansiava pela abertura da ravina. E foi o que ocorreu naquele dia. Em meio a uma casa vazia, onde só se ouvia os ratos caminhando nas telhas e o dormir dos cachorros, Ana desfrutou do amor. E que amor! Primeiro, uma língua que cruzou de sul a norte a floresta, adentrando na ravina. Boas cócegas.E continuava. Um subir e descer intenso que fazia inundar o matagal, transformando-o em um manancial. Um líquido que saia das profundezas de sua alma. Uma fonte veneziana que excita os dançarinos mascarados. Até que a língua parou. E o que veio depois foi muito melhor. No início, uma dor. A dor do desejo. Abafada pelos gemidos dos corpos que se colavam pela primeira e última vez. As florestas se uniram. E o ferrão das abelhas da segunda floresta penetrou a ravina, alargando-a. Erosão que dava prazer. E dor. E prazer. E dor. E prazer. E a voçoroca se expandia. E o desejo se consumia e a vontade de quero mais crescia. Tudo acabou em final feliz. Diretamente do órgão preto saiu uma cachoeira branca, carregando a semente do futuro. E Aren suspirou. Cansado, deitou-se no colo de sua amada. E Ana refletiu. Culpou Deus pela separação das cores. "Por que o fazer das raças?". "Por que o continuar da maldição de Cam?". "Por que a separação dos homens prevalecia sobre a verdadeira face do amor?". Não compreendia. Mas, com o tempo, poderia perguntar a seu Deus essa e outras perguntas. O Grito. Munch entrou na senzala. Sentiu a escuridão de nove almas. Pisou em algo. Pela janela entrava uma fina linha de lua. Forçou os olhos para enxergar. E o que o viu o atormentou. Um corpo magro jazia estendido no chão. O preto de sua pele se confundia com o breu. O homem estava nu com o peito e o sexo à mostra. As algemas em seus calcanhares já não mais o prendiam. A fome o libertara do ferro preso à sua carne. "Ele morreu?", disse uma das almas. Outra respondeu com um tímido *sim*. A secura na voz o permitiu somente duas novas palavras. "Se foi". O primeiro continuou como se não se importasse com a dificuldade do falar. "Quem foi?". O segundo não respondeu. Distraiu-se com um grilo que acabara de entrar. Catou-o e o mastigou com vontade. Revigorado, respondeu um "não sei" mal dito. Os outros sete não interagiam. Desconheciam a lusofonia. Só reconheceram o que veio a seguir. Ouviram os destroços da Torre de Babel: um grito monstruoso rompendo o silêncio da fazenda. Aren não soube o que pensar. Reconhecia o grito daquela mulher. Era Carolina, certamente. Reconhecia o doce da voz sendo rasgado pelo desespero. Aren não soube o que pensar. A imaginação deu forma ao que o coração temia. Nada causaria tamanho espanto em Carolina. Nada, exceto... "Ana!". "Que beleza que há na intimidade", pensou Munch. Corações conectados pelo amor. A morte de um faz estremecer o outro, faz o exponencial do batimento, faz o instantâneo sofrer que só o tempo há de curar. Munch saiu da senzala. Levou consigo a verdade do tormento. E deixou um grito no coração de um amante. Quadro. Depois do enterro da menina, do choro da mãe e do relatório do legista, não houve conclusão satisfatória. Morte por espancamento. Estrangulada no rio. Não morreu virgem. Luís pegou a espingarda e deu início ao serviço. Foi rápido. Um preto já morrera de fome. A escravidão logo acabaria, por lei ou por marra. Catou os nove restantes. Nenhuma admissão de culpa. Um preto parecia se comover com a morte de Ana. Não que importasse. Foi enforcado com os outros. A sombra pendular de pretos na brancura da lua. Para ter certeza dos feitos, as duas empregadas foram fuziladas. Os bebês foram recolhidos por Jawari e levados para venda. O capitão do mato foi dispensado. Terminado o serviço, o padre e o legista voltaram para a cidade grande. Luís e Carolina dormiram juntos naquela noite. A casa grande parecia engoli-los.

O SERMÃO DA NOVA MONTANHA

7 Seconds

Irmãos e irmãs, sentem-se por favor. Muito bem. Hoje não poderei dar o rotineiro sermão que venho lhes oferecendo há anos. Acontece que uma situação me chateou profundamente.

Um de meus mais antigos seguidores, após ter lido obscuridades impronunciáveis, perguntou-me com verdadeiro tom de confronto e, pior, de deboche, se eu não estaria envergonhado de pregar a palavra de Deus e receber um salário tão alto. Segundo ele, meus caros irmãos...Segundo ele, Deus deveria me repreender pelos meus atos gananciosos. Segundo ele - e acrescento: segundo sua corja - nós, amantes do Senhor, deveríamos nos resguardar de ganhos financeiros e nos entregar à pobreza e à miséria.

Repreendo-o veementemente. Repreendo a todos e todas que deturpam a palavra de nosso bom Senhor. Ele, como bem lhes mostrarei, nunca proibiu o enriquecimento. Nunca proibiu o ganha-pão pastoril. Nunca me proibiu, e nunca me proibirá, de usar o suor de meu trabalho para subir a pirâmide financeira, para se destacar, para se alcançar os céus. Muito pelo contrário: Jesus, aquele que deu vida por nós, combateu a miséria e a pobreza.

Chamam-me de mercenário. Chamam-me de vilão. Chamam-me de apelidos vis. Dizem que meu salário é exorbitante. Respondo aos críticos que de direito nada sabem. Nem receber salário recebo. Recebo, como bem se sabe, prebendas pastorais. Prebendas estas que estão em acordo com as duais leis: a lei de César, deste nosso Brasil, e, principalmente, a lei de Deus.

Todos sabem, ou deveriam saber, que nada há de ilegal, sob a espada da Justiça, em meu pastorar. Olhe a Constituição, olhe as leis do povo e verá a validação de meus ganhos. Ao Brasil, nada devo. Ao juízo divino, muito menos. Mostra-lhes-ei o porquê. Mostrar-lhes-ei pelo caminho da verdade. Não por manobras persuasivas da moralidade, da ética ou de um iluminismo barato. Nem por deturpações bíblicas. Mostrar-lhes-ei pelos reais ensinamentos. Mostrar-lhes-ei através dos Evangelhos de nosso bom Senhor.

Comecemos pelo óbvio, pelo gritante: a vida de Jesus.

Jesus, aquele que nos salvou, era filho terreno de José, um trabalhador do campo. Nem rico, nem miserável. Era alguém que, exceto por suas qualidades divinas irrefutáveis, não se sobressaía na multidão.

Isso iria rapidamente mudar. Em Lucas 8:1-3, vemos que Jesus passou a pregar o evangelho do Reino de Deus. De cidade em cidade, ele mostrava a Palavra. E como se sustentava? Certamente não por trabalhos artesanais, por carpintaria ou coisa qualquer. Sustentava-se com doações alheias, com o pagamento dos que o seguiam: Maria Madalena, Joana, Suzana e tantos outros

Paulo, na Epístola aos Romanos, faz um esforço para convencer seus irmãos de Roma a doarem para seu ministério. Ele se alegra, inclusive, por receber ajuda financeira dos filipenses. Assim como as igrejas patrocinaram sua peregrinação, vocês devem me auxiliar na pregação do Evangelho.

Paulo fez e Paulo ensinou. Já dizia Coríntios 9:7. Quem vai à guerra à sua própria custa? Quem planta uma vinha e não come de seu fruto? Quem apascenta um rebanho e não se alimenta de seu leite? Quem guerreia, quem prega as Escrituras, não se mantém sozinho. Mantém-se sustentado pelas igrejas e pelos homens. Se nós semeamos para vós as coisas espirituais, será muito que de vós colhamos as materiais? Se vos entrego a Revelação, será muito que me deem o ganha-pão?

O trabalhador é digno de seu trabalho. Os pastores, que têm o ofício divino, são igualmente dignos.

E ai de quem me acusar de contorcionismos, de advogar em causa própria. Pois mesmo os pastores que argumentam em causa própria nada fazem além de dizer a verdade bíblica. Está escrito e todos podem lê-la.

Resolvida esta questão, logo apontam outra: há ganância em meus lucros? Ora, quem é este que me critica com golpes vazios? Quem, além de Deus, que sabe o que se passa no seio de um lar? Quem sabe os custos de alimentar minha família?

Sou dono de meu ministério e a igreja bem sabe disso. Não tenho coração ganancioso. Recebo somente o que a igreja e meus fiéis me dão. Minhas músicas, meus livros e minhas aulas elevam o espírito dos mortais. Ao ouvir minha canção, tornamo-nos mais próximos da iluminação.

E quanto mereço por tais provações? Quanto me devem os homens que colhem de meus frutos? Ora, está tudo escrito nos testamentos. O dízimo. É o dízimo que devem pagar. Um décimo de seu salário. Um décimo que, ao invés de gastarem com vícios mil, ofertam à Igreja. Devemos nos livrar dessa pequena porcentagem para agradar ao Senhor. Quem ganha mil, que dê cem. Falta nenhuma fará para aqueles que temem a Deus. Só fará falta para os pecaminosos, que usufruem deste valor para cometerem traições e pecados. Dez por cento a menos significa mais amor ao Senhor e menos gastos com luxúrias e bebidas que o desagradam.

Gostaria de continuar, caros amigos, mas o dever me aguarda. Veja quem está lá, ao fundo do templo. Veja que flor graciosa. É o lírio mais belo deste jardim. Ah, que mulher graciosa, que floreios majestosos.

Preciso encerrar, irmãos. Já está na hora de ir para os braços de minha amada. Que façam o mesmo. Que todos vocês, quando chegarem em casa nesta noite, tratem seus companheiros como em um Éden terreno.

O VELHO DO PARQUE

If You Don't Know Me by Now

Um velho cego, sentado em um banco, contemplava o parque. Dava de comer aos pombos. Afogava as mágoas em bebidas. Comia mangas silvestres.

Um menino percorria o parque de bicicleta. Ele lia um mangá enquanto ouvia a oitava sinfonia de Mozart. Distraído, caiu na frente do velho e derrubou seu mangá. O velho, assustado com o barulho, deixou cair a manga no chão. O menino bateu a cabeça e desmaiou.

O velho cego tateou o chão em busca da manga caída. Ao passar a mão em busca da manga, o velho acabou sujando suas mangas.

Finalmente conseguiu pegar a manga. Mas era mangá.

Não sabia que era mangá a manga.

Ficou lá paradinho no banco chupando mangá. As horas passaram e a noite chegou. Dando-se conta da lua pelo frio que fazia, o velho se retirou do banco e foi se cobrir em sua manta.

O velho cego se deitou à luz da lua. Um cão veio o confortar.

Ficaram lá. Homem e cão. O homem chupava o mangá e o cão agradecia a Deus por mais um dia de vida.

O SEGREDO

Bizarre Love Triangle

Nas bordas do tempo, onde a verdade deságua em tempestivas correntezas, um homem bebe de sua xícara. Em um vai e vem de interpelados monólogos, o café sai do conforto de seu bule para repousar no que os antigos outrora chamavam de chávena. Desta, vaporiza o perfume de um típico amargor tropical. Ainda que o calor fosse a essência do processo, um observador astuto diria que, a cada cheirar, rodopiantes eflúvios sofriam com a inspiração e expiração do homem. Inconfundível é o deleite de suas narinas e, pelo que se sabe, inconfundível também são os infindáveis processos neurológicos que, em pouco menos de cinco segundos, darão forma ao palato, ao que os arautos da gastronomia costumeiramente nomeiam "gosto".

E, dessa confluência de sentidos, dá-se o café.

Excelente safra - exasperou o homem, repousando suas fatigadas costas no mármore de sua poltrona.

Como se não esperasse resposta, retomou o solilóquio interno, construindo um aparente insondável pensamento, que logo se mostraria falho e raquítico com a chegada de seu irmão.

Quase que num acerto lotérico, o mencionado irmão chega sem bater à porta. Lá estava o segundo homem: média altura, loiro, rosto principesco, pouco laborioso, belo em suas feições italianas, branco.

Trago-te boas novas - disse o irmão.

Quais sejam? - perguntou o homem.

Não tão boas, meu caro. Sinto-te informar que as doces meninas da Rua das Rosas voltaram ao implacável ataque floral. Desta vez acusam...

Deixe-me ver o folhetim - interrompeu o homem, deixando transbordar ínfima parte do café.

O homem varreu os olhos rapidamente pelas tortuosas linhas do folhetim. Logo exclamou:

Que ser isto, meu bom Deus? Primeiro atacam a biologia, depois a linguagem e agora… e agora o xadrez? Como algo assim pôde ser publicado?

Meu bom irmão, não é para tanto. Veja os argumentos utilizados. Veja que bela diagramação, que belo título: "Xadrez É Um Jogo Racista e Sexista". Podes criticá-las, mas não podes negá-las a originalidade feminina.

Tens razão, irmão. Há jovem ousadia nestas palavras tão ácidas! Este encaminhamento de ideais é de impressionar os dialéticos! Ainda que falhos, não deixam de ser convincentes.

Certamente são de uma perspicácia de dar inveja. "Xadrez é um jogo inventado há cerca de mil e quinhentos anos". Iniciam com um fato consumado! Logo mostram a que vieram: "Ou seja, foi inventado em uma época em que não só havia supremacia branca, como também havia uma sociedade patriarcal muito superior à que existe hoje". Eis uma análise precisa da realidade de um milênio atrás! É uma conjuntura infalível: a contraposição do terrível passado com o débil presente. E agora apresentam as regras: "Como funciona?", pergunta retoricamente o texto. Responde: "No xadrez, as peças brancas são as primeiras a mexerem-se. Logo, aqui se vê o racismo inerente ao jogo. O objetivo é proteger o rei. Até mesmo a rainha tem de proteger o rei e aqui é que vemos o sexismo presente no jogo". Que bela lábia!

Uma lábia descomunal - disse o homem.

E conclui: "Jogos racistas e sexistas já não têm lugar em nossa sociedade. Fazer as peças negras irem em segundo lugar e submeter a rainha ao rei são valores que estão mais que superados". E encerra com louvor: "Temos que parar de conviver com esses jogos que têm uma carga negativa em nossos dias. Compartilhe este folhetim para sensibilização geral. Todos devem saber que o xadrez é ofensivo a mulheres e a pessoas negras." Eis o ápice!

Eis o cume!

Eis o pico! - rebateu o irmão.

Eis a crista! - complementou o homem.

Eis o pináculo! - esbravejou o loiro.

Eis o vértice parabólico com concavidade negativa! - bradou aos sete ventos o homem.

Eis...

Perdeste? - perguntou o homem.

Eis...Eis o horst. Eis o graben!

Não creio! Venceste desta vez! - admitiu o homem do café.

O irmão, satisfeito com a vitória, sentou-se finalmente em uma poltrona à frente do homem de nome Abdullah. Filhos da mesma mãe, não tiveram a mesma fortuna. O homem do café, como bem demonstra o nome, nasceu fruto de um estupro em Alcácer-Quibir, onde Dom Sebastião bateu as botas, mas provavelmente não onde Judas as perdeu. Digo "provavelmente", pois a localização das botas de Judas Iscariotes desapareceu nos anais da história.

Nessa cidadezinha de Marrocos, mouros dominaram a pobre mulher, castigando-a com suas falanges biológicas. Seria insensato descrever a cena, devendo-se, portanto, pular para o próximo episódio.

Neste segundo episódio, um ano após o nascimento de Abdullah, a mulher teria relações, desta vez consensuais, com um jovem nobre de Córsega (ou, como apontam outros relatos, de Sardenha). Desta relação carnal nasceria um pequenino bebê loiro de nome Frederico, que, com o tempo, ganharia honrosa notoriedade. Conhecê-lo-iam por sua lábia desigual, de Frederico II, O Intratável.

Passados os anos, os dois irmãos se distanciariam e viveriam enriquecedoras vidas. Em uma das muitas viagens de Frederico II, O Intratável, uma paixão surgiria. Diretamente das mais desconhecidas terras orientais, Frederico II, O Intratável, conheceria um jovem de exótica aparência. Tinha um liso cabelo preto que lhe caía sobre a face, além de, é claro, olhos retangulares. Era um ávido estudioso da filosofia oriental. Eram muitas suas aptidões. Facilidade com os idiomas ocidentais. Domínio dos números. Caligrafia impecável. Era um maestro em todos os afazeres.

Foi deste encontro que floresceu um proibido romance. Frederico II, O Intratável, amou insondavelmente o oriental. Desta paixão, há tanto contestada por maldosos olhares, surgiu o motivo deste rendez-vous entre irmãos. Frederico II, O Intratável, dirigiu-se a seu irmão, Abdullah.

Irmão, tenho que te dizer algo.

Diga-me, ora pois! Estranhei tua súbita visita! A conversa sobre o xadrez me distraiu de tentar desvendar suas reais motivações.

A questão é que estou noivo.

Noivo? Não me diga! Tu, irmãozinho? Tu, O Intratável? Noivo?

Acontece...

E quem é a bela dama que aceitou se deitar em tua cama?

É essa a questão... A dama, meu caro irmão, é, na verdade, o "damo".

"Odamo"? Mas quem seria "Odamo"... - uma súbita inteligência perpassou por seu nervo ótico - O "damo"! Um homem? Tens um homem como noivo?

Frederico II, O Intratável, não teve tempo e nem estômago para responder. Sem ser chamado, um homem entrou de surdina nos aposentos de Abdullah. Era o noivo.

Mas o que... - disse o confuso Abdullah.

Este é meu noivo - tomou coragem Frederico II, O Intratável - apresento-te Péricles, O Físico, mais conhecido como O Médico. Diretamente de Okinawa para os seus aposentos. Péricles, este é meu irmão, Abullah III, O Gigantesco.

Prazer, Abdullah III, O Gigantesco - disse O Físico, mais conhecido como O Médico, propondo um aperto de mãos.

Esbaforido, Abdullah III, O Gigantesco, apertou a mão de Péricles, de Okinawa.

É um prazer conhecê-lo, Péricles. Diga-me. Qual a razão deste nome? Não me parece oriental...

Ah, respondo-te prontamente! Este meu primeiro nome, Péricles, é uma homenagem de meu pai, Tucídides, O Guerreiro, a mim. Por sua vez, foi meu avô, Draco, O Feiticeiro, que o entregou o nome Tucídides, O Guerreiro. Meu avô, Draco, O Feiticeiro, recebeu de meu bisavô, Sólon, O Sábio, o nome Draco, O Feiticeiro. Já meu bisavô, Sólon, O Sábio, foi nomeado por meu tataravô, Clístenes, O Democrata. Clístenes, O Democrata, teve o nome dado por seu pai, Demóstenes, O Orador. Não se sabe, contudo, quem deu o nome "Demóstenes, O Orador" para o pai de Clístenes, O Democrata. Fontes de Hokkaido afirmam que poderia ter sido Ésquines, O Desconhecido, mas, por outro lado, povos manchus, do outro lado do mar, apontam Isócrates, O Pai, como o verdadeiro donatário. Se os manchus estiverem certos, então minha linhagem familiar chegaria a Philocles, O Arconte, filho de Céfalo, O Belo, filho de Lisânias, conhecido por sua alcunha "O Bravo" e, principalmente, por ser filho de Céfalo, O Escrevente, às vezes chamado de Céfalo, O Escrivão, ou de Céfalo, O Copista. Poucos o chamam de Céfalo, O Copiador, pois isso criaria uma confusão desnecessária, já que seu irmão chama-se, ou se chamava, Céfalo, O Copiado. É claro que Céfalo, O Copiado, não faz parte diretamente de minha linhagem, mas é uma curiosidade que quis te dizer. De qualquer forma, Céfalo, O Copiador, e Céfalo, O Copiado, são ambos filhos de Heráclito, O Filósofo. Infelizmente, Heráclito, O Filósofo, nunca deixou registros de quem era seu verdadeiro pai. Yin Yin, um vizinho de Heráclito, O Filósofo, escreveu que o pai de Heráclito, O Filósofo, era, em suas palavras, um "bastardo inominável que só conhecia o sabor de damas escarlates do bordel de Mei" e continua: "este verme fugiu com todos os cavalos de minha propriedade deixando somente seu filho Heráclito, O Filósofo, que tem um nome porco e impronunciável". Segundo os relatos manchus, portanto, Heráclito, O Filósofo, seria meu último parente de sangue de nome conhecido. Como já disse, há a teoria de Hokkaido de que o pai de Demóstenes, O Orador, é Ésquines, O Desconhecido. Ésquines, O Desconhecido, é, como tudo indica, filho de Lísias, O Navegante. Lísias, O Navegante, conhecido anteriormente por Lísias, O Comum, é filho de Górgias, O Belo, e neto de Iseu, O Sábio, que divide a alcunha com Sólon, O Sábio, meu bisavô, e com Demóstenes, O Sábio, que não é de minha família. Iseu, O Sábio, não deixou relatos. Assim, conheceste a origem de meu primeiro nome, Péricles. Minha alcunha, O Físico, veio de minha excelente habilidade de pesca. Sou um excelente pescador e, como já existia "Hyuma, O Pescador", deram-me o nome "Péricles, O Físico". Todavia, sou mais conhecido por Péricles, O Médico. Aposto que estás se corroendo de curiosidade para saber a origem de Péricles, O Médico, em detrimento de Péricles, O Físico. A história começa como Heródoto, O Cronista, que, em uma de suas viagens...

Terminada a quase interminável explicação, Péricles, O Físico, mais conhecido como Péricles, O Médico, disse:

Respondida tua pergunta, Abdullah III, O Gigantesco?

Abdullah III, O Gigantesco, distraído em pensamentos, demorou para responder um suspirado "compreendo totalmente..."

Feito o monólogo, conversa veio e conversa foi. Em pouco tempo, Abdullah III, O Gigantesco, se afeiçoou pelo Médico e achou que seu irmão, Frederico II, O Intratável, fez boa escolha em ter o Físico como noivo, ainda que este fosse homem.

Logo as estranhezas iniciais se dissiparam e a conversa se modificou completamente, adquirindo um tom filosófico de fazer inveja a Hegel. Tudo teve início quando Frederico, relembrando o folhetim sobre o xadrez, afirmou:

Abdullah...Aquele folhetim me lembrou de quanto tu falaste que o cérebro dos homens é exatamente igual ao das mulheres. Que achas agora após ter lido tanta asneira vinda de bocas femininas?

Irmão...E não são cérebros iguais? Na média com certeza são...

Péricles logo interrompeu:

Já abriste um, meu bom Abdullah?

Ora! Não tive a oportunidade, mas creio que Leonardo da Vinci e muitos outros já abriram. Tens conhecimento de algum estudo que comprove que os cérebros não são iguais?

Nem sabes se vejo as mesmas cores que tu. Como podes ter a certeza de que os cérebros são iguais? - respondeu Péricles.

Como podes ter certeza de que não são? - rebateu Abdullah.

Óbvio que não são, meu bom irmão - disse Frederico, alinhando-se ao posicionamento de seu noivo.

Individualmente não são, mas na média são...

Bom, há estudos que afirmam categoricamente que mulheres são, em média, melhores em certas coisas que os homens - disse o sábio oriental - E não estou falando de lavar a louça!

Os três homens riram à mesa. Abdullah concordou com um meneio. Frederico disse:

Os homens devem ser melhores no xadrez, pois possuem melhor visão espacial. Logo, melhor pensam em suas jogadas.

Digo que não, irmão! Os russos são certamente melhores, mas isso nada tem a ver com a divisão homem - mulher. As mulheres foram, por séculos, oprimidas naquelas inóspitas regiões siberianas e nunca tiveram a oportunidade de demonstrar seu verdadeiro potencial. Por isso é que existem mais enxadristas qualificados do gênero masculino.

Irmão, tu achas realmente que o cérebro da mulher é igual ao do homem? Logo irás dizer-me que a vulva é idêntica ao pênis!!

Novas risadas vibraram a casa. Péricles disse:

Os russos são realmente melhores. Armênios. Búlgaros. O Leste Europeu é incomparável! São crânios!

Indianos também - disse Abdullah.

Indianos? Nunca os vi jogar xadrez. Não consigo imaginar. Não sei o porquê. Somente sei que aqueles coolies são excelentes em limpar latrinas!

Dessa vez a risada de Abdullah foi tão volumosa que quase deixou cair o pires no chão. Disse:

Essa questão das raças é realmente espetacular! Já viste um preto correr? Já viste um.... - de súbito a mão do homem do café esbarrou em sua própria xícara, derramando tudo que lá havia em suas negras calças de veludo. O líquido quente escorreu por entre as fibras do tecido e entrou em contado com os pelos de suas pernas. No início, havia ardência e gestos destrambelhados, e mãos velozes de limpezas, e um levantar quase assustado, um correr à cozinha ou ao banheiro, uma indecisão. Já no espelho, só o reflexo, nem uma ardência, nem o tempo para condenar qualquer ausência. Tudo lá estava: as manchas em suas coxas já nuas, as calças coladas ao corpo do chão, os sapatos descalços e toda uma vida quase que duplicada em quatro olhares, ou infinitos, ou quatro que se multiplicam em potências de dois. A pia se abre e só se vê água e jorro de água; a mão fecha a pia e logo a água já se esfrega no rosto, nas bochechas, nas dobras do bigode, molhando os fiapos pretos de uma barba há muito cultivada. Ora, mas o pensamento permanece e dele tudo se extrai. Todas as frases inacabadas esperam algum retorno, qualquer tipo de retorno, até mesmo estilhaços de retorno, de estradas pouco concordes, retilíneas, linhas que se encontram em um único ponto ao fim da decantação da vivência. Tudo parece mais claro. Todo o medo e o nojo e o ódio são proibidos. Que se decrete o fim do pensamento, que todo o racismo desapareça, que toda literatura pereça, pois essa é a vontade dos homens. Que a perfeição do mundo, que o mundo como fábula prevaleça, que todas as opiniões tolas sucumbam perante a verdade dos homens. Que um homem nunca, nem em reflexo do pensar, ouse dizer o que não deve, que todos os seus preconceitos sejam eliminados da terra, pois esse é o desejo dos homens. E que a verdade dos homens seja a verdade de Deus, e que tudo se espelhe na mais límpida literatura, e que toda tinta seja limpa e imaculada, pois nada pode, e nada deve, descrever as mais puras frases dos animais. Não somos animais, não poderíamos mais o ser. Somos homens e muito mais. E tudo o que escrevemos é para nós o gozo do que queremos mostrar. E nada que não queremos, e nada que não desejamos, pode, por um segundo sequer, ser apresentado como a verdade de um alguém. Pois a verdade é una e inescapável: somos nós os arautos da aceitabilidade, somos quem dita as praxes, quem varre os costumes, quem nunca sente o mal. Somos a antítese do mal e não podemos ser o bem. O mau, o mal, o mau, o bem, quantos delírios. Vejo só uma montanha e lá estamos nós, sentados no ápice, nos tronos, nas cadeiras, que nem reinam, nem governam. Que somente ditam. Ah, sim. Os ditadores do bem querer. As puras almas da edição, os escritores mesmo da razão.

O café já havia há muito esfriado, e o homem já estava de volta à mesa com não sei se roupas novas ou novas roupas. O importante é que lá já se encontrava Abdullah, o, por mais que neguem, animal Abdullah. Três animais que se olhavam como se buscassem olvidar da derrama do café e continuassem a conversar de um ponto perdido no espaço, de alguma frase inaceitável, de um meio parágrafo reprimível e, por óbvio, excluído da História - e de uma história, ou - talvez - estória.

Como se saído de um longo parêntese, a conversa foi retomada do momento em que quase acabou para todo o sempre. Não todo o sempre, mas quase. Ela permaneceria na imaginação de alguém que, por curiosidade, quisesse realmente saber o que o animal Abdullah iria dizer quando, por um fator quase ilógico, o café foi derramado e ele teve de se levantar, ruminar e volver sem sinal do que havia há pouco - alguns minutos provavelmente - dito ou não dito ou quase dito.

Para quebrar essa recorrente indecisão que ocorre em quebras de narrativas - quando às vezes nos distraímos e perdemos, por assim dizer, o fio da meada - seria melhor que um dos três animais, porquinhos para alguns, decidisse romper o silêncio e expor categoricamente algum pensamento menos racista ou ofensivo, caso contrário teríamos que novamente derrubar algum prato para impedir o prosseguimento do diálogo. Devemos evitar a qualquer custo indícios animalescos; nunca se sabe quem pode estar à porta ouvindo escondidinho. Talvez exista, naquele quarto pouco descrito pelo narrador, uma ampla janela de vidro que mostre a rua à fora, e que algum espertinho esteja agachado debaixo do batente dessa ampla janela retangular, realizando talvez anotações com um caderninho e uma pena de pato para possivelmente receber algum trocado pelos escândalos que revelaria sobre os três porquinhos que ali se encontravam, embebedados pelo café, e loucos para proferirem palavras de baixíssimo calão. Devemos certamente nos prevenir, ninguém deseja mal entendidos entre rabicós e falsos rabicós. Devemos, então, dar continuidade à simplória conversa dos três leitões, como se permitíssemos seu chafurdar, mas sem mostrá-lo por completo. Deixemos a fala de Abdullah na exclusiva boca dos racistas, calada e costurada - impenetrável às páginas deste livro, tão puras e fiéis. Que a história continue sem abruptas interpelações, como se nunca tivesse sido interrompida, como se somente os irmãos tivessem ouvido o que Abdullah tinha a dizer:

Um sorriso perpassou pelos lábios de ambos os irmãos. Frederico, ironicamente, buscou provocar Abdullah para retornar à discussão sobre o cérebro feminino:

Não, irmão! Pretos são exatamente, **exatamente** iguais aos brancos...

Não me venha com essas comparações, bom irmão! Não compares a diferença entre pretos e brancos com a de homens e lindas donzelas. Estou falando de características mentais no caso do xadrez. E não de físicas! Até porque a inteligência se constrói...

Em conjunto, os noivos disseram:

E por acaso o cérebro não é físico, Abdullah?

Meus caros...vejam bem... Por que diferenciar a física da química e da biologia, então? Tu que és O Físico e O Médico deves saber responder com propriedade...

O Físico, que era O Médico, ficou em constrangido silêncio. Embasbacado com tamanha sagacidade de Abullah III, O Gigantesco, logo respondeu sem realmente responder:

Estas questões de nomenclatura em nada me apetecem. O cerne da questão é outra, meu caro Abdullah. Vê. Primeiro tu falas que há discrepâncias entre raças, entre pretos e brancos, entre eslavos e brancos, entre pretos e eslavos, entre ameríndios e japoneses, entre japoneses e turcos, entre árabes e persas, entre árabes e arianos, e tantas outras combinações que estão sendo desvendadas nos confins do mundo. Depois, diz-me que não há diferença entre homens e mulheres, entre o barro de Adão e sua costela...Não compreendo onde queres chegar.

Devo concordar com Péricles - disse Frederico - Pensa comigo, meu bom irmão. Todos concordamos que há enorme assimetria entre o porte masculino e feminino. Os homens, por seu vigor, são mais fortes e robustos. Isto me parece dado. É um fato consumado. Agora, na parte mental, as coisas parecem se complicar para ti. Mas não há motivos para complicações! Parece-me razoável inferir que o xadrez é um jogo que requer amplo domínio do espaço e da visão. É necessária uma aguçada percepção imagética para condensar a miríade de peças e possibilidades em um encadeamento técnico de jogadas para vencer seu oponente. Isto os matemáticos chamam de probabilidade e inferência. Vejo que acenas para o que digo. Pois bem. Passemos para outro ponto. Como sabes, a recente descoberta de fósseis humanos e de outros animais reverberou no campo acadêmico que tanto nos atrai. Parece-me que está cada vez mais gritante a evidência de que existe certo processo evolutivo em que os sobreviventes, os mais fortes, conseguem reter características biológicas e passá-las para as próximas gerações. Lobos foram adestrados até darem origem a cachorros. O trigo passa por melhorias constantes a cada biênio. E assim vai. Com os homens a situação é semelhante, se não a mesma. Ora, ao longo da existência das raças, o sexo masculino desenvolveu características de confronto, luta e dominância. O sexo feminino, por outro lado, restringiu-se a afazeres domésticos, como o cuidado dos filhos. Lamarck bem mostra que características são aperfeiçoadas com o esforço de gerações, como as girafas que fazem crescer seus pescoços até alcançarem os galhos mais altos. Logo, meu velho irmão, as características físicas e mentais dos homens, como a noção de espaço na hora da caça, foram melhoradas com o tempo, deixando-os mais aptos que as mulheres. Enterrada a necessidade da caça, resta-nos conviver com o atual: a prevalência dos homens no xadrez. Convencido, exímio companheiro?

Abdullah fechou os olhos por alguns instantes. Parou para refletir. "Meu irmão tem a arte da persuasão". "Não sei o que responder".

O sabor do café se transformou em amarga derrota. Finalmente admitiu seu fracasso:

Irmão...Devo dizer...Que te admiro imensamente. Todos os seus anos de estudo e suas viagens ao Oriente te fizeram mais esperto. Não creio que posso mais te vencer como quando te derrotava em nossa doce infância. Creio que...

Não é para tanto, irmãozão. És minha maior inspiração e sempre serás, independentemente de teus fracassos momentâneos, de teus lapsos de pensamento...Sempre. Sempre estarei contigo.

Alguns minutos de silêncio invadiram a sala. Certa frieza se instaurou nos corações e mentes dos três homens. Com o café já frio e a lua minguante, Frederico se lembrou de algo que o irmão há muito tempo havia dito: "Tu és somente fruto de minha imaginação".

"Tu és somente fruto de minha imaginação". Aquelas seis palavras perturbaram o jovem Frederico por anos. Abdullah não a dissera a partir de alguma reflexão existencial. Nem mesmo por alguma discussão brutal.

Não.

Foram tão simples. Tão singelo o momento em que, após o falecimento da mãe, Abdullah disse "Tu és somente fruto de minha imaginação". Quase que um sussurro. Um suspiro de um cansaço.

Frederico lembrou-se disso inúmeras vezes ao longo de sua vida. Remoendo suas memórias, não sabia como lidar com o passado. A cada momento angustiante, a cada pontada de reflexão, o jovem se via preso nessas sete palavras. "Tu és somente fruto de minha imaginação". Depois de tanto tempo, seriam estas as palavras que seu irmão disse no enterro de sua mãe? Seriam estas ou outras parecidas? "És somente fruto de minha imaginação". Ou "Tu...somente fruto de minha imaginação" Ou "Tu és somente fruto da imaginação". Ou algo completamente desfigurado como "Tu és imaginação". E se fosse uma ou outra ou outra qualquer? Que diria Abdullah quando finalmente o confrontasse? "Irmão, que querias dizer-me no funeral de nossa mãe?". E ele se lembraria? Seria algo a se lembrar? Aquelas seis palavras perdidas ao vento? Ao tempo?

Tomou coragem.

Irmão, sou fruto de tua imaginação?

Fora rompido o silêncio. A angústia de anos de espera acabou-se na mais fugaz das frases.

O irmão levantou os olhos e abriu um curto sorriso, quase imperceptível. Péricles, distraído, nem se deu conta do início da conversa.

Ah, irmão... ainda se lembra daquela distante manhã de outono quando enterramos nossa mãe? Daquela frase... daquela sincera frase que disse sem destinatário. Ouviste-a? É claro que sim. Todos a ouviram. Todos os filhos e filhas desta terra.

Que querias dizer-me com aquilo, irmão? Por anos tentei te entender. Finalmente terei a verdade de tuas palavras?

É claro...Vamos, sente-se mais perto. Teu noivo também. Vamos, aproxime-se. Contar-te-ei este segredo.

Quando o homem do café finalmente se recolheu em seus aposentos, viu-se refletido no espelho. E o que o espelho apontava, além de tudo, era a pura certeza de que as lágrimas que lhe caíam a face rompiam os pelos de sua barba.

Dos pelos ficava o sal.

De um possível mar perdido.

SÍNTESE

Everybody Wants to Rule the World

Penso no afogar de pensamentos.

Essa maré me enche de uma louca volúpia, que, cíclica como é, vez ou outra me atinge de tal modo insuportável, de tal modo invencível, que não me contenho e me entrego.

Sukiyaki.

Como suportar esse chamado? Chama. Chama. Chama. Chama e finjo não escutar. Chama tanto, mas tanto, que vira chama de Prometeu acorrentado. Pretensa sabedoria que me impede de viver.

Não de um viver biológico, daquele discutido por Darwin e frequente nas aulas de bioética, mas de um viver do epicurismo, que fecha os olhos e as orelhas e se cala para não mais ouvir, só sentir.

Condeno meus antepassados pelo furto aos deuses. Condeno sem condenar. Afinal, esse martelar filosófico, que tanto ousou nos oitocentos, é, salvo todos os seus defeitos, infinito vezes infinito melhor que o pastoreio despreocupado.

Quanto mais subimos, mais vemos o tamanho da montanha que nos engole até alcançarmos um fácil ponto, tão fácil, que o ultrapassamos e andando um pouco mais nos vemos perdidos em uma névoa branca, um sinal da proximidade física de Deus, que paira sobre as nuvens. Mas não o enxergamos e, descontentes, passamos a questioná-lo à luz de Prometeu, à luz de nossas próprias inteligências que tanto são nossas, que há muito foi dito e repetido que se penso, logo existo. Ora, é claro. Incrível, descobrimos um axioma dos filósofos. E de que nos serve? Eu sei, eu sei! Ora, pois então diga. Pois ele, quem respondeu que sabia, logo afirma: para construir a verdade pelo exercício do pensar axiomático. Ora, ora, que bela resposta. E qual o tamanho dessa construção? Vamos, diga-me. Diga-me se não te mato. Maldito! Enganou-me e fugiu! Esqueça-o. Admire a paisagem que nos cerca.

Que belo branco branquíssimo. Um branco tão branco que não mais consigo enxergar minha pele. Um branco que invade, com educação, minha órbita ocular e toc! toc! já estou perdido. Não há mais saída. Não há retorno possível. Tudo que posso fazer é conviver com a cegueira branca e engatinhar pela montanha até atingir seu cume, seu pico que finge não existir.

E ninguém me acompanha. Vez ou outra escuto vozes mais perdidas que a minha. Seria Deus? Não. A lógica não permite. A razão ofuscou qualquer mínima e atômica possibilidade de sua existência. Cada passo é um novo argumento irrefutável.

Já assassinaram Adão e Eva. Já afogaram a geração de Caim com a inundação de Noé. Já paramos de aparar a barba, de comer mariscos, de queimar bruxas e de esmagar sodomias rastejantes. Já nos esquecemos dos testamentos antigos e nos voltamos, por um curto período, aos novos.

Ignorem o que já foi! Ignorem, pois eram práticas antiquíssimas que em nada nos agradam. Escutem a palavra de Jesus.

Escutei-as. Lindas. Belíssimas. Pouco praticadas, mas ainda potentes. Revelam uma ímpar sabedoria que, por mais que tentem religiosamente deturpá-la, continua invencível.

A outra face. O camelo e a agulha. A água e o vinho.

Tudo sobreviveu aos séculos. Tudo foi carregado por um incontável número de seguidores.

Acredito naquelas palavras. No auge de meu percurso, rodeado por nuvens, acredito em cada ensinamento. Creio na ressurreição. Não fere as leis de Newton, pois Kuhn sabe que o que saberemos é mais do que sabemos e que a porta está sempre aberta para a ciência.

No fundo, não importa se ressuscitou ou não, se houve vinho ou caminhar sobre as águas. Isso é questão de fé e, talvez, questão de ciência a ser averiguada.

O que me perturba em minha escalada não são os milagres, nem as interpretações religiosas, nem os cardeais pedófilos. Se fosse isso seria fácil. Era só mudar de inquilino e trocar Jesus pelo irreconhecível Alá, o elegante Tupã, a dançarina Shiva, o famosinho Buda e tantos outros. Podia até mesmo passar um paninho molhado e apagar o giz cristão, ficando somente com a Torá.

Isso é coisa fácil de se resolver. Assusta-me outra muito pior. É a existência de Deus que me tortura. Existe? Não existe? Um delírio?

Não é. Não é delírio, nem devaneio.

Mas e a existência da maldade? E as atrocidades? E os terremotos? E a crianças inocentes escravizadas? E a impunidade dos religiosos fervorosos? E o terrorismo? E a onisciência divina? Se tudo pode por que nada faz? Se tudo pode por que criar o homem e deixá-lo vagar sobre a terra? Se tudo pode há predestinação? Se tudo pode temos livre arbítrio? Se tudo pode de que vale o inferno? És sádico este nosso Deus? Fica brincando com sua longa barba branca? Barba branca? Será? Tem existência? Tem remorso? Tem prazer? Tem onipotência? Tem onipresença? Está aqui e lá e zela por nós a todos os instantes? Tem medo? Tem medo do mal? Tem disputa com o Senhor das Moscas? Ele não manda nas moscas? Ele não pode controlar a maldade? Ele deixa a maldade? Ele é feliz? Se arrepende? Se arrependeu e inundou a terra deixando somente um par de cada espécie? Como ele se arrepende se de tudo sabe? Criou tudo em sete dias? E o tempo? Também o criou? É metáfora o que há no Gênesis? Criou o sol e a lua e a terra e os mares e o tempo e a vida e a matéria e o espaço? Criou a si mesmo? Quem o criou? É infinito? É juiz? É dono da linguagem? Quem é? Tem nome? Tem endereço? É sábio? Tem concorrentes? Disputa com Alá? Ou é também Alá? Tem vários nomes? É o nome do vento? Como é? Tem aparência? É físico? É químico? É transcendente? É pertencente ao mundo das ideias? Ou é cópia imperfeita? É a palavra? É o caminho? É a verdade?

Depois de tanto caminhar já não sei mais. As nuvens. O branco. Estou perdido. Enganei-me. Dei mais três passos. E mais sete. E mais três. E logo percebi que "penso, logo existo" é muito mais do que parece ser. Penso, logo sou. Penso, logo penso. Penso que penso. Penso, logo crio. Penso, logo sou linguagem. Penso, logo sou infinito. Penso, logo sou consciência. Penso, logo...

Sou Deus?

Afinal, como um certo alguém nunca disse, se Deus não existe nada é permitido.

COMPILAÇÃO DE ESCRITOS: ESCRIBAS III

Cose Della Vita

Tinha acabado de comer quando reparei no mapa-múndi da sala. O pão com leite já estava sendo digerido e as migalhas continuavam paradas no prato sujo. O mapa me encarava. Havia algo de curioso em como ele me olhava.

Pelo que me lembro, comprei-o há uns dois anos, em uma papelaria perto de casa. Deve ter sido uns trinta reais. Ele é bonito para um mapa-múndi. Ao invés de oceanos azuis, a água é bege e, para diferenciar o fundo do raso, as costas das ilhas (e dos países) são brancas. Não de todos os países, é claro. Faz mais de século que a Bolívia perdeu suas terras para o Chile. Logo, ela não tem bordas brancas como o Uruguai.

Isso no meu mapa. Talvez um mapa de 1880 o tenha, o que é um infortúnio, já que em poucos anos teria de ser corrigido graças à esquecida Guerra do Pacífico.

Não é algo que ocorra com frequência, essas mudanças de fronteira. Tenho um mapa que não tem o Sudão do Sul e, pelo que sei, o fabricante do meu mapa (não o sem o país africano, mas o que me encarava na sala) preferiu manter a Crimeia de roxo, junto ao roxo da Ucrânia e diferente do laranja russo. A questão mais curiosa é sobre a China. Estava toda em vermelho, inclusive em Taiwan. Os países do mapa que dividem fronteiras não possuem a mesma cor. O Irã é vermelho e o Iraque obviamente não. Os americanos estão em vermelho, incluindo o Alasca e Havaí. Outros avermelhados são a Austrália, o Chile, a Guiana, o Panamá, a Líbia, a Espanha, a Suécia, a Angola, a Etiópia, a Mauritânia, a Costa do Marfim, a Áustria, a Holanda, a Sérvia, o Malawi e, finalmente, a Suazilândia. É claro que Hong Kong está em vermelho também. Assim como Macau. Assim como Taiwan. Logo, a princípio pensei que o autor do mapa estava entregando descaradamente sua opinião: Existe uma só China!

Mas me enganei. Logo percebi minha ingenuidade e a astúcia do autor. Taiwan estava sim em vermelho. Pela regra, dois países diferentes que fazem fronteira não podem ter a mesma cor. A questão é que Taiwan não faz fronteira com a China Continental, já que é uma nação insular.

Isso me suscitou pensamentos, que logo foram complementados pela verdade. Ora, a China é vermelha. Taiwan é vermelho. Austrália é vermelha. A Tasmânia é vermelha. São situações parecidas, exceto por algo que me ludibriou por alguns minutos: as cidades!

Cada cidade importante tinha um ponto preto. No Brasil, eram Porto Alegre, Florianópolis, Curitiba, Santos, São Paulo, Rio de Janeiro, Belo Horizonte, Ilhéus, Salvador, Recife, Natal, Fortaleza, São Luís, Belém, Boa Vista, Manaus e Porto Velho. A capital, porém, era um ponto quadrado, que se diferenciava dos outros pontos pretos.

Olhei para a capital de Madagascar para saber se o mapa estava correto. Lá estava Antananarivo, um nome que originava piadas em minha infância. Olhei outro país para confirmar. Lá estava a Austrália. E dentro dela estava Camberra com um quadrado e Sidney em um ponto redondo. Touché.

Tudo parecia indicar que o autor do mapa-múndi sabia o que estava fazendo. A capital do Brasil não era o Rio de Janeiro e a da Austrália não era Sidney. Não era um autor amador.

Então olhei para a China. E lá estava Beijing com um quadrado preto. E, ao sul, estava Taiwan ostentando outro quadrado preto: Taipei!

Depois dessa descoberta comprei o mapa naquela papelaria de dois anos atrás. Quando cheguei em casa me arrependi.

Prendi o mapa na parede e, com uma rápida varredura com o olhar, vi algo intragável: "Coréia do Sul" e "Coréia do Norte". Ambas com acento!

Me espantei. Primeiro achei que o mapa fora feito antes da validação do Novo Acordo Ortográfico. Não era algo possível, já que, no mapa, o Sudão estava dividido. Era, para minha tristeza, um erro grosseiro.

E não parava por aí! Os erros apareceram aos montes: "Iceland" substituindo "Islândia", "Polinésia Francesa" como "French Polynesia", "Golfo do México" ao lado de "Caribean Sea" e outros anglicismos aterrorizantes. E mais: Xinjiang como cidade e não como província!

De imediato percebi meu erro em ter pagado trinta reais naquele mapa estúpido. Deixei-o abandonado na parede ao longo dos últimos dois anos e nunca o observei por mais de dois segundos. Nunca até o dia de hoje. Que feitiçaria era essa que me atiçava, que me fazia contemplá-lo? Que truque, que magia?

Cinco minutos se passaram e o interfone tocou. Levei um susto e, após uns cinco toques seguidos, finalmente consegui atendê-lo.

Era o porteiro.

Sr. Souza, há uma encomenda para o senhor.

Uma...encomenda? Que tipo de encomenda?

É um pacote. Um pacote como os outros que o senhor já pediu repetidas vezes.

Ah, sim.... - logo lembrei! Era mais um livro que havia pedido há algumas semanas.

Já, já desço aí para pegar o pacote - disse para o porteiro.

Não quer que suba?

Ah...não há necessidade. Não há necessidade de maneira alguma.

Entenda como uma gentileza, senhor. O senhor é tão gentil...

Gentil...ah, sim... gentil...- engoli as palavras de nervoso. Sabe, acho que vou aceitar sua gentileza.

Muito bem. Até mais, Sr. Souza!

Até.

Pus o interfone no gancho. "Mas que conversa", pensei.

Preparando-me para receber o porteiro, calcei um par de sapatos e escovei os dentes.

Os segundos se passaram e logo deram lugar aos minutos. Os minutos se alongaram. Dois. Três. Quatro. "Minha gente, quanto tempo demora para subir dez andares de elevador?"

Impacientemente, abri a porta e fui chamar o elevador. Para a minha surpresa, alguém já o tinha chamado para mim.

A porta automática estava aberta e no chão do elevador estava o pacote. Era do jeito que eu imaginava que seria. Não que fosse necessária muita imaginação para saber como é um pacote de livros. Era exatamente igual a todos os outros que eu já tinha pedido, exceto pelo tamanho: o pacote parecia maior do que deveria ser. Achei que fosse isopor.

Entrei no elevador e me agachei para pegar o pacote. Durante esse movimento, a porta às minhas costas se fechou automaticamente. Provavelmente alguém do prédio havia solicitado o elevador. E agora eu começava a subir. Não eu, é claro. Mas sim o elevador. O elevador me levava para os andares superiores, como sempre.

Apertei o botão do décimo andar para adiantar a minha volta ao meu apartamento. Pelo que sei, os elevadores funcionam assim: você aperta o botão e ele vem. Se outra pessoa aperta o botão, o elevador coloca, não sei como, o pedido dessa pessoa em segundo lugar. Uma terceira pessoa faz um terceiro pedido e assim sucessivamente.

É provável que meu pedido fosse o segundo, logo depois do primeiro pedido do desconhecido de algum andar superior. Depois desse pedido, o meu seria atendido e o elevador pararia no décimo andar. Aberta a porta, eu sairia e entraria em casa me despedindo da pessoa que estaria no elevador comigo. Isso é o que eu *achei* que aconteceria. É claro que eu poderia estar enganado. Ao invés de uma pessoa, poderiam ser duas ou mais. Poderia ser uma pessoa com um cachorro. Ou outra com um gato. Poderia até mesmo não aparecer ninguém, talvez porque a pessoa que chamou o elevador tenha decidido repentinamente voltar ao seu apartamento, seja para pegar algo que esqueceu, seja para fazer qualquer outra coisa.

Mas nada disso aconteceu. O que aconteceu foi o seguinte: eu estava subindo para sei lá qual andar quando acabou a força e o elevador parou. Estava preso naquele cubículo.

Minha primeira reação foi tentar abrir a porta à força. Mas me contive. Tinha visto um filme há algumas semanas em que havia um grupo de pessoas que ficou preso no elevador e uma delas tentou abrir a porta.

É bem óbvio o que aconteceu. O elevador despencou e todos foram esmagados.

Não que eu realmente achasse que isso fosse ocorrer. Ficção é ficção e realidade é realidade. Depois da queda, o demônio entrou no elevador e aí é história.

Nenhum demônio entrou no meu elevador. Não sei se é porque eu não tentei abrir a porta ou porque nenhum demônio tem interesse em mim. De qualquer forma, nenhum demônio entrou lá.

Apertei o botão de emergência, rezando para que funcionasse. Na verdade, apertei todos os botões porque, como a luz tinha acabado, eu não conseguia enxergar a aparência de cada botão e, para não testar a sorte, decidi apertar todos eles.

Mas talvez tenha sido um pouco precipitado, já que, logo depois que apertei o último botão, a luz de emergência foi acesa. Como sabia que resgastes demoravam, decidi sentar no chão do elevador e encostei o pacote em minhas coxas.

Sem nada para fazer, abri o pacote.

Foi um pouco difícil. Geralmente abro esses pacotes com estilete e esse, em especial, aparentava proteger ouro.

Mas não tinha ouro algum no pacote. Tinha um livro. Um único livro gigantesco.

Tinha umas mil e novecentas páginas. Obviamente não era o livro que eu tinha pedido. Afinal, eu pedi *livros*, no plural. Pelo que me lembro esse pedido foi feito há algumas semanas e eu pedi três livros que estavam em promoção: *A Metamorfose* (para saber qual é a do tal do Kafka), *El Aleph* (para testar o meu espanhol) e *One Piece 97* (este porque eu queria).

Nenhum desses livros era o colosso de novecentas páginas. O título do inesperado livro era "Nilo: morfologia e história".

Definitivamente não era um título muito agradável. Não que eu não tivesse interesse na história dos povos árabes. É que "Nilo" não era por si só um tema muito interessante. Geopoliticamente falando até poderia ser, mas morfologicamente? Difícil...

Abri o livro e vi o sumário.

Introdução.
Capítulo I: Formação dos lagos: Vitória e Tana.
Capítulo II: Controversas da origem: Floresta Nyungwe.
Capítulo III: Características da nascente.
Capítulo IV: Caudal médio: parte I.
Capítulo V: Caudal médio: parte II.
Capítulo VI: Caudal médio: parte III.
Capítulo VII: Foz
Capítulo VIII: Excentricidades do delta.
Capítulo IX: Flora inicial.
Capítulo X: Flora - histórico.
Capítulo XI: Flora atual.
Capítulo XII: Fauna inicial.

Capítulo XIII: Fauna - histórico.
Capítulo XIV: Fauna atual.
Capítulo XV: Primeiros povos.
Capítulo XVI: Primeiras estórias.
Capítulo XVII: Construções humanas.
Capítulo XVIII: Antigo Egito: de Tinita ao Império Médio.
Capítulo XIX: Antigo Egito: do Segundo Período Intermediário à Época Baixa.
Capítulo XX: Dinastia Ptolomaica.
Capítulo XXI: Romanos I.
Capítulo XXII: Cleópatra, Pompeu e mitos.
Capítulo XXIII: Romanos II.
Capítulo XXIV: Bizâncio.
Capítulo XXV: Do Domínio Sassânida à Dinastia Fatímida
Capítulo XXVI: Da Dinastia Abiúbida à Dinastia Burji.
Capítulo XXVII: Compilação de escritos: escribas I.
Capítulo XXVIII: Compilação de escritos: escribas II.
Capítulo XXIX: Compilação de escritos: autores do medievo.
Capítulo XXX: Histórico islâmico I.
Capítulo XXXI: Histórico islâmico II.
Capítulo XXXII: Histórico islâmico III.
Capítulo XXXIII: Histórico islâmico IV.
Capítulo XXXIV: Otomanos I
Capítulo XXXV: Otomanos II
Capítulo XXXVI: Otomanos III
Capítulo XXXVII: Britânicos.
Capítulo XXXVIII: Protetorado.
Capítulo XXXVIX: Construção do Canal de Suez
Capítulo XXXL: Consequências do Canal de Suez.
Capítulo XLI: Independência.
Capítulo: XLII: Nacionalismo de Nasser.
Capítulo XLIII: Pan-arabismo e o impacto no Nilo.
Capítulo XLIV: Sadat
Capítulo XLV: Sudão I.
Capítulo XLVI: Sudão II.

Após visualizar o sumário, decidi ler a primeiras páginas. Provavelmente os bombeiros demorariam umas duas horas para me tirar do elevador. Em uns quarenta minutos, já tinha lido a Introdução e metade do primeiro capítulo.

Descobri que o Nilo nascia nas regiões do Lago Vitória e ia até seu delta no Mediterrâneo. Descobri muitas outras coisas que, de tão desinteressantes, me fizeram cochilar por uns vinte minutos.

Por conta disso, aproximadamente uma hora já devia ter se passado quando uma voz me chamou.

Demorei para perceber que alguém estava me chamando. A voz sussurrava por entre as frestas da porta do elevador.

Ei - disse a voz misteriosa.

Ei - continuou.

Levantei-me e encostei os ouvidos na porta.

Tá me ouvindo?

Sim - respondi - Quem fala? Os bombeiros já chegaram?

Não, não.... Só eu...

Era uma voz feminina, mas não conseguia reconhecê-la. Não conhecia muitas pessoas do prédio.

E quem seria você?

Ah...eu....eu sou eu...

Certamente...

Sabe...Eu soube que o elevador tinha parado e fui tentar encontrá-lo. Fui em todos os andares...até te encontrar.

E por que você quis me encontrar? Te conheço?

Não... não conhece. Sou a única que sabe que você está aí. É claro que o síndico e o porteiro sabem que tem alguém preso no elevador, mas só *eu* sei a localização do elevador. Eles resolveram deixar isso para os bombeiros...Que devem já estar chegando....

Não respondeu a minha pergunta. Por que você quis me encontrar? Quem é você?

Sobre isso... - disse ela com timidez - Eu estava sozinha na cama quando acabou a luz. Já estava quase... mas a luz caiu e estragou tudo...

Estragou o quê?

Ela deu um efêmero gemidinho.

Sabe... coisas de mulher - ela parecia impaciente agora - De qualquer jeito, eu quero continuar e não temos muito tempo. Acho que uns cinco minutos até alguém aparecer. Está tudo escuro aqui. A luz de emergência só está funcionando no elevador. Temos tempo...

Tempo para o quê?

Tempo para...Tempo para isso.

Antes de eu conseguir perguntar o que era "isso", ela começou a passar os dedos pela porta do elevador. Depois, começou a arranhar a porta com as unhas.

Mas que diabos você está fazendo?

Sabe... Estou *morrendo* de tesão. Estou *morrendo, morrendo* de tesão. Quero alguém para brincar comigo. Você brinca comigo? Quer saber como estou? Pois te digo. Estou nua. Estou completamente nua. Joguei minha calcinha no vão do elevador. Minha camisola está do meu lado...

Que que você está falando? Eu sou casado!

Casado...Casado...Eu sei. Eu sei de tudo. Você tem trinta e cinco anos. Trinta e cinco e já não é casado há dois anos! Não me venha com mentiras, Luís. Não minta para mim...não para mim...

Não tive palavras para responder àquela mulher. Como ela sabia tanto da minha vida e eu nada sabia da dela?

Ai, ele ficou quietinho...tadinho dele. Vem aqui. Sou uma polaquinha pronta para você. Estou completamente molhada. Molhadinha. Não me depilei...Meus pelos são negros e grossos...Estão úmidos. Ah. Úmido. Ah, que palavra bonita. Úmidos. Prontos para você me devorar. Meus seios estão empinadinhos e durinhos. Vem aqui, bebê. Vem cá. Prometo que não vou machucar. Tenho uma boquinha lindinha. Ah se tenho! Cabelos ruivos...Ah...Será que estou falando muito? É muita informação para você, meu amor? É muito pra...

Ela parou de falar. Deu um urro orgástico. Gemeu e se silenciou. Perguntei se ela ainda estava lá, mas ela não me respondeu. Já havia saído.

Nunca mais a vi. Nunca soube de nenhuma ruiva no prédio. Estaria mentindo sobre a cor de seus cabelos ou eu estaria alucinando? Estava com sede, tinha acabado de cochilar com um livro...Estaria louco?

Não houve tempo para refletir. Em poucos minutos os bombeiros chegaram e me retiraram do elevador sem muita dificuldade. Deram-me um pouco de água, fizeram algumas perguntas e me mandaram para o meu apartamento.

A falta de energia se devia a uma árvore que havia caído. Quando fechei a porta de casa, a energia voltou. Mas isso não impediu o fim dos curiosos acontecimentos daquele dia.

Após girar a chave da porta principal, a única que separa a minha propriedade do corredor condominial, lembrei que não havia recebido os livros que havia outrora (dois dias atrás) pedido.

As encomendas, quando pedidas especificamente no site coelhinhoselivros.com.br, costumam chegar sem falta em poucos dias. E foi exatamente o que ocorreu! Entretanto, como já deixei claro anteriormente, não poderia me contentar com somente a rapidez da entrega. De que me servia um livro de centenas de páginas sobre o Rio Nilo se eu não tivesse, em minha amável companhia, a novela de Kafka ou, ainda mais importante, a nova edição de One Piece?

Ora, foram trinta reais e vinte reais respectivamente em cada uma das obras...(reitero obras, especialmente para o mangá). Seriam realmente cinquenta reais desperdiçados ou eu, com um pouco de esforço, poderia reclamar à Central de Atendimento ao Cliente Insatisfeito sobre o vergonhoso erro de entrega e obter meus tão desejáveis livros?

Foi então que decidi averiguar a situação. Refleti, por um punhado de minutos, se realmente estaria disposto a ligar na Central ou se somente mandaria um e-mail educado a respeito de minhas compras na Coelhinhos.

Lembrei-me de um amigo - muito querido por sinal - que havia tido um problema com a Coelhinhos e, à época, me disse o que tinha feito. Seu cartão de crédito, por algum erro do Banco, havia sido recusado, o que impediu o envio do presente de dia das mães para, digamos, sua mãe. Não me recordo exatamente o que ele tinha pedido, mas sua fúria foi tanta que ele, em um gesto aparentemente imprudente, pegou seu telefone e ligou para a Central.

Diferentemente do que muitos imaginariam, a Coelhinhos, após somente vinte segundos da música "Bunny Bunny" o atendeu e, em pouco mais de cinco minutos, a situação estava plenamente resolvida.

Para todos que ousaram, alguma vez em suas efêmeras vidas, se dar ao luxo de ligar para uma Central de Atendimento ao Cliente, a surpresa com o feito de meu amigo seria gritante, um completo mistério.

E o foi para mim, que não acreditou, de maneira alguma, na conversa fiada de meu caro amigo. Ele não era dado a mentiras, mas aquela situação era tão absurda, tão excêntrica, que não pude realmente acreditar nela.

Eis então que o destino me presenteou com a inédita oportunidade de fazer uma reclamação contundente à Central e pôr à prova as afirmações duvidosas de meu amigo.

Busquei o número da Central da Coelhinhos e facilmente o encontrei. Não poderia saber, àquela altura, o que iria de fato acontecer.

Que inocência a minha de acreditar na conversa de um amigo tão...como posso dizer sem porventura ofendê-lo?... tão...

Bom, era de fato uma conversa no mínimo caluniosa, já que, passados incríveis trezentos segundos de ligação, eu já tinha decorado por completo a letra de "Bunny Bunny", que aqui a omito para não impregnar a mente do leitor com o fetiche da mercadoria.

Ora, por pior que fosse a situação, por mais constrangedora que fosse a melodia e a letra da música, não posso deixar de agradecer à Central por me ensinar um novo vocábulo anglófono, acrescentando-o a meu diminuto léxico de inglês.

Nunca fui um grande apreciador das aulas de Inglês da escola e, portanto, qualquer novo conhecimento dessa língua tão esdrúxula seria para mim uma verdadeira conquista. "Bunnies", plural de "Bunny", me abriu um universo inacreditavelmente amplo, já que passei a ser um admirador dos dicionários de sinônimos, pois anteriormente somente acreditava na existência de uma só palavra para se referir a um coelho inglês: "Rabbit". Mas isso é outra história...resta relatar o que justamente ocorreu passados trezentos segundos de uma aparente infindável música.

Pois foi justamente após o término de um refrão que uma voz melosa interceptou a canção e disse, aparentemente do fundo de um porão, um:

Bem-vindo à Central de Atendimento ao Cliente Insatisfeito da Coelhinhos e Livros, a melhoria livraria do país à espera dos melhores clientes. Se você é um cliente insatisfeito, aperte *um*, se está aqui para elogiar nossa empresa, e nosso compromisso com o reflorestamento da Amazônia, aperte *três*. Caso seja um cliente insatisfeito, mas queira elogiar nosso compromisso com o reflorestamento da Amazônia, aperte *dois*.

Um (nunca fui à Amazônia e nem sou um ambientalista convicto).

Você apertou *um*, o que significa que é um cliente insatisfeito. Mas que pena! A Coelhinhos lamenta qualquer infortúnio e solicita encarecidamente que exponha sua reclamação na seção mais adequada. Caso tenha problemas com o pagamento de seus livros, aperte *um*. Caso os livros não tenham chegado à sua casa, aperte *dois*. Caso parte não tenha chegado, aperte *três*. Caso esteja com problemas para navegar no site, aperte quatro. Caso esteja insatisfeito com o preço praticado pela Coelhinhos, aperte *cinco*. Caso tenha sido desrespeitado por algum de nossos funcionários, aperte *seis*. Caso tenha qualquer outra reclamação para fazer, aperte *sete*. Caso queira que a mensagem seja repetida, aperte *zero*.

Uma dúvida então surgiu em minha confusa mente. Ora, eu realmente havia pedido um livro e não tive qualquer problema na navegação do site, muito menos me espantei com o preço praticado pela Coelhinhos, o que descartava os números *quatro* e *cinco*. Também nunca conversei com um funcionário da Coelhinhos, ensejando (que palavra bonita) o descarte do número *seis*. O infortúnio mesmo era ter chegado um livro que eu não pedi e não ter chegado justamente os livros que eu efetivamente pedi. Só poderia supor, por óbvio, que meu problema condizia com o número *dois*, e, portanto, o apertei com convicção.

Alguns minutos depois, uma voz melosa interceptou novamente a canção (que sempre retorna nos intervalos) e disse, aparentemente de dentro de uma sessão de ASMS, um:

Atendente Anão Holandês, no que posso ajudar?

Desculpe, não entendi.

Atende Anão Holandês, em que posso ajudar senhor?

Anão? O que é isso?

Senhor, Anão Holandês, senhor.

O holandês, o holandês voador?

Quem?

O barco Holandês Voador...é um codinome da empresa?

Desculpe, senhor, mas não trabalhamos com barcos nessa empresa. Somente livros. Caso o senhor tenha se...

Não, não. Digo...enfim, tenho um problema referente a livros

Ah, certamente então o senhor está no local certo. Essa é seção 33-B do Canal de Atendimentos dos Clientes Insatisfeitos. Se o senhor é um cliente insatisfeito deve estar querendo fazer uma reclamação e, se está na seção 33-B, que é igual às seções 33-A, 33-C, 33-D e 33-E, é porque todos os livros não chegaram devidamente à sua casa, correto, senhor?

Sim, creio que sim. Fiz um pedido e meus livros não chegaram ao meu apartamento.

Ao seu..?

Ao meu apartamento. Já quer eu diga meu endereço ou...?

Ah, senhor. Um apartamento! Quem diria. Que coincidência impressionante. Hoje de manhã, já bem cedo pela manhã, uma seis horas, estava justamente falando sobre esse assunto com o Gigante de Flanders

Como?

Justamente, justamente sobre esse assunto...Que coincidência, que incrível coincidência o senhor vir aqui, despretensiosamente, e falar "apartamento", apartamento, vejamos!

Sim, sim, um apartamento onde moro.

Senhor, todos nós moramos em algum lugar. Mas nem todos nós moramos em um apartamento, senhor. É justamente, é justamente por isso que a Central de Atendimentos diferencia o conceito de "apartamento" do de "casa". Ora, o senhor deve se lembrar, se não se lembra eu posso lembrá-lo com pouco esforço. A Central de Atendimentos afirmou, de imediato, que o senhor só deveria apertar o número *dois* se todos os livros não tivessem chegado à sua casa. À sua casa, veja bem. Casa, meu senhor. Até onde sei casa não é sinônimo de apartamento e é justamente, justamente isso que eu discutia, nessa manhã, com meu colega, o Gigante de Flanders, que temia desentendimentos com os clientes insatisfeitos que porventura morassem em apartamentos e, distraídos como o são, apertassem o número *dois* como se morassem em casas. Senhor, não se pode, não se deve confundir as coisas. Nosso modelo de negócios é muito claro. Nossa rede é perfeitamente estruturada para comportar um sem-número de pedidos diários e trabalhamos incansavelmente para proporcionar o melhor serviço. Para tanto, devemos catalogar as seções de formas eficientes. Não podemos nos dar ao luxo de mesclar palavras tão distintas como casa e apartamento. Os que moram em casa têm convicções completamente distintas dos que moram em apartamento e, como é bem provado por nossas estatísticas, pedem gêneros de livros diferentes, o que enseja, que palavra curiosa!, um tratamento diferenciado, diferente, diferenciado, distinto, diferente de cliente a cliente. Somos uma empresa diferenciada e, senhor, temos um compromisso com o bem-estar dos nossos....

O Anão Holandês fez mais cinco longas considerações e encerrou a ligação com uma exclamação de descontentamento. Não havia mais ninguém do outro lado da linha, pois eu já havia há muito saído.

Quando percebi a insensatez do Holandês Voador, me despedi em silêncio, deixei o celular no chão e me deitei no divã da sala.

Estiquei as pernas, os braços, olhei para o teto e gritei.

Não sei quanto tempo se passou, mas já era noite.

Ao me levantar, esbarrei meu pé em algo. Ali jazia a origem de todos os meus problemas

Levei o livro até minha escrivaninha e lá o deixei. Passando pela sala, me deparei novamente com o mapa.

Soube o que estava me incomodando. Era o Nilo. Segundo o livro, o Nilo nascia no entorno do Lago Vitória e acabava no delta do Mediterrâneo. Pelo mapa, isso seria impossível, já que o rio parecia ir do sul ao norte. É claro que um rio não poderia subir, pois respeita as leis da gravidade.

Para consertar o erro, girei o mapa em cento e oitenta graus. Agora o rio descia.

UM POUCO CANSADO DE APERFEIÇOAMENTOS.

Hungry Eyes

Nesses quase dez anos em que nos conhecemos, não pude expressar adequadamente a profundidade de meus sentimentos. Vejo suas fotos e elas nada mostram além de seu sorriso de menina-moça. Resguardo-me de comentários diretos, sempre evitando escrever em suas redes sociais. Espero ingenuamente o seu retorno e, quando ele vem, tenho receio de te chamar para tomar um açaí na esquina de sua casa. Tenho medo de seus olhos, tão vibrantes e indagadores.

Se conversássemos, nada teria a dizer, nada superior ao diálogo com seus amigos. Não os conheço, só os vejo nas fotos. Você parece tão feliz, tão imersa em sonhos e jeitos de mulher que não é possível que alguém como eu possa contribuir com um pingo de felicidade para a sua tão agradável rotina.

Consigo visualizá-la ao meu lado. Não só em meus sonhos, que são vários e recorrentes. Tormenta-me sua face, a quantidade de detalhes que me esforço em conjecturar. Nariz aquilino, cabelos cacheados - derramados; um aroma curioso, não sei bem o nome; aquela sua roupa despojada em seu corpo magro, um pouco largado, tranquilo, despretensioso, silente; os olhos marrons mareados, lábios avermelhados, abrindo-se em sorrisos cristalinos, mas - de perto - vejo uns dentes amarelados, autênticos; não, não é a perfeição, ou a mulher mais linda do mundo, ou as garotas que você inadvertidamente invejava, é sim você - e só você. Se não o fosse, de que adiantaria um cabelo ruivo, a perfeição de uma pele, o irredutível diamante de uma fotografia, de uma modelo, de uma princesa. Nada disso é necessário para fomentar o amor. Ele brota de um enigma, suas raízes inoportunas expandindo-se sem autorização, e um chagrin crescendo em meu peito.

Posso sentir o peso dos seus ombros, a minha mão massageando seu pescoço, escorrendo por entre seus cachos, descendo por suas costas, pressionando sua lombar. Ou, mais recorrente, nós deitados em um sofá, suas pernas cruzadas com as minhas, assistindo a um filme com outras pessoas na mais aconchegante das casas. Contei uma piada e você riu; alguém me mandou calar a boca. Estralei seu mindinho e você me deu um tapa, disse par ou ímpar, e arrancou os pelos da minha coxa. Dei um gritinho, levantei dizendo que iria ao banheiro. Logo fui à cozinha, enchi um copo com água da pia e sorrateiramente voltei à sala. Fechei seus olhos perguntando *quem é?* Ora, que mistério! Um beijo na testa e quinhentos ml de água em sua cara espantada. Alguém me xingou - estraguei o filme, para variar. Você nem precisa me recriminar, posso imaginar o que fará. Me empurrar no corredor do shopping? Desenhar em meu rosto enquanto durmo? Um grande bigode arredondado, uma tinta em minha testa, meu cabelo cortado por uma tesourinha cretiníssima! Talvez um pedaço de bolo esfregado no meu nariz, escorrendo chocolate pelo meu queixo imberbe, pingando no meu tênis novo, gotas de brigadeiro em minha clavícula, dentes enegrecidos, nós na cozinha reformulando a culinária italiana, formando um dominó de presunto e queijo que chamamos insensatamente de lasanha. Talvez você tenha me presenteado com uma camisa do Garfield, algum livro que eu já tinha, ou nada - não é preciso de muita coisa quando já se tem tudo <> tudo: conversas no recreio, companhia, meus longos cabelos acariciados, envergonhados com a sugestão de que eu deveria cortá-los - para quê, pra quem? não preciso, não quero impressionar ninguém além de você, quero parecer um pouco moribundo, depressivo, entristecido por motivos indecifráveis, carente - isso sim. Carente de tudo. Queria que você sentisse pena, que me reconfortasse enquanto almoçávamos juntos em um restaurante por quilo em que eu pegaria arroz e fraldinha, e você não me lembro bem - não era exatamente isso que eu observava quando tínhamos a oportunidade de, nos trezentos e sessenta e cinco dias do ano, descontados férias e feriados, sentar à sua frente, cortando uma carne, levando o garfo à boca, e tendo o privilégio de te ver mastigando, rindo de qualquer coisa, reclamando da escola, dos professores, dos pais, e - para meu espanto - do namorado. Nem teria por que me contar antes, revelar-me de surdina, antes de todos, uma delação premiada sobre sua vida amorosa, não era necessário, nem seria recomendado, me alertar: veja bem, estou saindo com um cara, por favor não se assuste quando me vir com ele na rua, por favor não sinta ciúmes quando, saindo da porta do restaurante, descendo as escadas, atravessando o portão, virando a esquina ele lá apareça e você me apresente um homem horroroso, gordo, feio, insuportável, nem precisou abrir a boca para eu ter certeza de que é um idiota. Melhor seria se fosse um ser decente, um lindo novinho musculoso, inteligente, universitário, mais velho e experiente. Assim eu poderia me comparar e ter algum motivo para aceitar meu fracasso, minha derrota frente ao inconciliável. Nada seria mais natural que uma linda mulher sentir atração por um lindo homem. Bem sei que não sou um dos mais requisitados, que as estranhas formas avantajadas do meu rosto não são muito apreciadas nos ciclos sociais mais requintados, que a ondulação dos meus cabelos não recebia o melhor dos produtos químicos, que meu cuidado com minha saúde não era exemplar, que minhas vestimentas eram ridículas - meus trejeitos, insuportáveis; minha lábia, inexistente, meu charme, a chercher. E tudo se resolveria se você me mostrasse um loirinho. Só de me mostrar aquele homem repugnante tive ânsia. Entressonhei absurdos, aquela barba se esfregando em sua rosácea bochecha, aquela gordura deitando-se em seu corpo, aquele cheiro materializando-se em suores, em alguma forma doentia de amor. Só poderia ser piada, alguma enquete de comédia de última geração. Estremeci, corei, olhos pros lados para ver a reação de meus amigos, olhei para você, olhei para ele - e te encarei, disse alguma coisa muito estúpida e fui embora, as lágrimas em meus olhos, molhando as lentes dos meus óculos, um carro buzinando quase me atropelando, uma corrida a meu apartamento, um silêncio no elevador, uma abertura de porta, um cachorro latindo, um menino se jogando na cama, sem forças para continuar, deixando-se levar pelo sono, pelo amargura, o ódio, a dor, o sofrimento, como nos filmes - mas tão, tão real.

—

Hoje estive muito ansioso. Não sei bem contextualizá-la, a minha ansiedade; não é como se eu a tivesse estudado em uma aula de biologia, cinco slides em quarenta e cinco minutos, talvez cinquenta (estranho, no momento em que escrevi essa palavra ("cinquenta") a Professora Maria Betânia Amoroso, em um vídeo intitulado "Literatura Fundamental 52 -

O Leopardo" disse (na minutagem 26:53 - 26:54) "anos cinquenta", ao se referir à época de confecção da obra-prima de Giuseppe Tomasi de Lampedusa, cujo título em italiano é mais sonoroso: "Il Gattopardo"). Talvez cinquenta, então, já não me recordo da divisão das aulas pelo período matutino no Colégio Don Lodovico, onde estudei dos dez aos dezoito anos, na cidade de São Paulo, bairro Pinheiros, seguramente o mais agradável, pois, em acréscimo à sua atmosfera boêmia, estava lá, todos os dias, a partir das 7h, você, ela, a quem amo, você, com seus longos cabelos ondulando-se em um uniforme vermelho e negro, tampando a minha visão, dos talvez cinco slides sobre uma palestra da Dr. Neusa sobre ansiedade, substituta do professor de biologia, mestra em ciências comportamentais pela Universidade de São Paulo, inapta, incapaz de falar por mais de cinco minutos sem gaguejar ou proferir dez "né(s)" em um intervalo de dez segundos cada. Só posso me lembrar disso tudo porque nesse mesmo momento, quando você, tão empenhada nos estudos, forçando a caneta sobre as páginas e páginas de seu caderno capa rosa, anotadora, rápida, pediu que a Dr. Neusa voltasse um slide, mesmo sabendo que ele seria disponibilizado ao final da aula, em uma plataforma virtual a que todos tínhamos acesso, você principalmente, pois bem sei que, nas pouco amáveis aulas de física você, inadvertidamente empurrava seu celular (capinha roxa, película rachada no campo superior direito) para fora do seu bolso, com seu cotovelo, e com a mão começava a usá-lo semi-escondida, pois todos nós que estávamos atrás conseguíamos vê-la, e era uma vista sublime, você, o olho esquerdo em vigia, o direito vendo fotos de homens sem camisa, curtindo-as, e comentando em cada publicação de algum ator famoso de Hollywood, todos brancos, com seus cabelos lisos e loiros, e nariz aquilino, e lábios finos, e músculos suficientemente imberbes para posar com os braços estendidos, ou vestidos, com paletós no tapete vermelho, o black-tie, o sapato de coro - não era eu.

Quando estou ansioso, escrevo rápido, esqueço de pontuar o texto, de mudar de parágrafo, de me fazer inteligível, fingindo ser estilo, o que na verdade é a incapacidade de te descrever - você - sem repetir as palavras bela, linda, maravilhosa, todos os adjetivos positivos que consigo pensar, e outros que pesquiso quando quero dar um ar mais sofisticado à sua face esbelta, a sua tez forçando as sobrancelhas para enxergar o slide da dr. Neusa, seus lábios se abrindo para pedi-la para voltar um, só mais um, e então eu quero que você implore, por favor, então implore, peça para mudar, peça para voltar, os seus lábios rachados pelo ar-condicionado da sala de biologia, os seus dentes mordendo os lábios, roendo as unhas, uma súplica, um levantar e você já está a dois passos da porta, rumo ao banheiro, agora consigo enxergar toda a lousa, o slide da ansiedade, mas disso me lembro pouco, só do suspiro que dei quando você partiu, e seus cabelos pararam de me ocupar a vista, e meus olhos se fecharam à sua espera.

Se acalme, respire. Um, dois - um, dois. Foi assim, lentamente, que despertei. Não posso afirmar que acordei só uma vez nesse dia de hoje, que para mim começou às 10h30, quando o primeiro despertador tocou, e recomeçou, esse dia de hoje, às 11h30 quando o segundo tocou. Relaxe: não há pressa. Esses são os melhores momentos. Nas férias. Quando podemos acordar duas vezes, e duplamente sonhar. Das 4h às 10h30, já não consigo decifrar, algo se perdeu em minha mente. Deve ter sido bom, pois quis continuar. E, instantes antes de (re)acordar sabia que eu estava novamente a sonhar. Eu sonho muito, em todas as noites, são eles - os sonhos - a única coisa nessa vida que me deixa acordado. Dessa vez, sem surpresas, sonhei com você. Sonhei segredos.

Perto das 4h, terminei de chorar com "Dançando no escuro". Ao meio-dia, consegui levantar da cama. Fui à cozinha, abri o armário n°1, saquei o sucrilhos. Quatro passos até a geladeira. 1, 2, 3, 4. Armário n°3: vasilha - bowl. Sempre coloco os cereais antes do leite, mas dessa vez cometi um erro que me custaria as próximas duas horas. Não percebi que não havia leite o suficiente para comer todos os cereais sem umedecê-los por completo. Sim, sim, sim, vai ficar perfeito: três colheres na minha boca esfomeada de garoto-adulto e não há mais nada / nada. Não tem mais leite na casa, não tem…

Por isso fui dormir. A terceira vez no mesmo dia. Foi assim que fiquei ansioso. Sonhando com você de novo, não preciso nem dizer o que aconteceu.

acho tão injusto.

—

Depois que deixamos a escola, a separação aparentava ser o remédio para o meu coração. Não teria mais que te ver todos os dias sentada naquela cadeira. Você parecia tão deslocada nesse último ano de ensino médio. Todos nós parecíamos. Me sentia solitário em meio a tantas pessoas. Não me conectava com nenhuma delas; não me permitia conectar. Todos pareciam tão diferentes e indiferentes. E eu certamente era o pior: sempre agia como esperado, sempre estampando certa arrogância e meia inteligência. Mas você, você continuava a ir em festas, a dormir na casa de suas novas amigas, pois as antigas já haviam partido. Não consegui me realocar, sempre estive no passado, em que almoçávamos juntos, íamos ao cinema e às casas de nossos amigos.

Quando eu acordava às sete horas da manhã, quando atravessava a rua e caminhava até a escola, quando entrava naquela sala de aula, quando eu te via de soslaio, quando isso ocorria eu queria que você me chamasse. Eu sempre quis ouvir o seu chamado, como se eu dependesse de seu afeto para dar prosseguimento e sentido a minha vida. O inacreditável era que você me chamava, como se tentasse me retirar de uma apática órbita, como se soubesse que eu não queria continuar a ser o que sou. Mas eu nunca consegui voltar a ser o menino que eu era. Me arrependo de ter atravessado aquele rio. Quando olhei para trás, te vi encostar os dedos na água, te vi entrar no rio, mas você saiu e eu não poderia mais retornar.

Não era necessariamente ruim não te ter ao meu lado como outrora tive. O pior dia foi quando você me disse estar namorando um certo alguém. Não senti absolutamente nada. Não senti porque já havia me forçado a esquecer a minha inata afeição por ti. Desde que eu te conheci, não me lembro o dia, desde então já não posso me esquivar de meus sentidos. Somente os carrego pelas bordas do tempo, caminhando pela égide, torcendo para cair e tudo acabar. Aquele amor foi rejeitado tantas e tantas vezes que ele se cristalizou e eu o tentei e tentei engoli-lo. Engasguei e me declarei novamente e engasguei e naquela sessão pensei - e como pensei - em encarar os seus olhos até você ou eu tomarmos uma atitude.

Eu aguardava ansioso para o lançamento de novos filmes. Eles eram a oportunidade de algo ocorrer. Nós íamos aos montes, dez, quinze companheiros. E tudo o que eu tentava era sentar ao seu lado, mas raramente conseguia. Você sempre sentava com o seu amante de ocasião e eu esquivava os olhos para não te ver beijá-lo. Aquilo me deprimia. Só não me deprimia mais quando nós efetivamente sentávamos lado a lado. Eu comprava uma pipoca grande e a colocava entre a gente. Às vezes cruzávamos as mãos. Eu observava os seus movimentos e fingia ter vontade de comer para poder esbarrar em seus dedos.. Nada, absolutamente nada ocorria. Você nem se dava ao trabalho de virar a cara e me encarar. Você se comportava com naturalidade, como se fôssemos somente amigos íntimos. E éramos. Deus, como éramos.

Eu me sentia aberto para te dizer qualquer coisa e eu supunha que você me diria se eu te perguntasse. Mas nunca fui um sujeito de perguntas, sempre me contentei com nossa desigual divisão da conversa.

Quando escrevo, não choro. Sinto somente um vazio no peito, um lábio retraído, uma sobrancelha desgastada por um sem-número de tentativas. Talvez seja por isso que nos afastamos. Eu cansei de tentar e você cansou de me ajudar a te esquecer. Você sabia muito bem que era tudo mentira. Quando me perguntava sobre a continuidade ou não de minha paixão, eu veementemente negava. Eu negava e fingia acreditar em seu desacreditar. Mas era nítida a sua intuição. Os seus agudos sentidos percebiam que eu nunca deixei de querer sentir seus lábios nos meus.

A sorte veio quando outra pessoa se apaixonou por mim e o azar quando eu não me apaixonei por ela, mas deixei-me guiar por sua inegável beleza. Não me sentia digno de seu amor, mas mesmo assim me permiti senti-la de todas as formas. Por longos anos eu a tive em meus braços, senti suas longas mechas se enredando em meus dedos, nossos suores se confundindo, nossa saliva se derramando, nossas línguas se intercruzando. Pensava que eu te olvidaria com uma fingida paixão.

Mas nada consegue abater o ímpeto que sinto quando te vejo. Não é uma vontade sexual, não é uma natureza furiosa, um desejo monstruoso de te ter em mim. É somente o compartilhamento de nossa infância, a confusão de nossas existências repartidas em memórias mal lembradas, de tempos que nem por sinapses reaparecem. Você é como um ímã para o meu subconsciente. Ele quer te presentear com carinho, ele quer que meus dedos percorram suas bochechas, que eu acaricie seus cabelos, que eu sinta seu cheiro, que eu durma te abraçando fortemente, que um beijo não se prolongue, que nossos lábios assexuais se juntem para formar uma realidade de duplo pertencimento, de uma coexistência etérea.

Pensei que isso ocorreria quando você me chamou para ir a sua casa. Depois de tantos meses sem nos vermos, pensei que a distância teria permitido nos aproximarmos um pouco mais, que poderíamos dar um passo mais ousado, que poderíamos rebobinar a incompletude de nossas interações.

Bebi tanto para ter a coragem de te beijar. Bebi para que pudéssemos ver um filme juntos, para que eu minimamente ousasse um abraço amoroso. Mas nada aconteceu, nos despedimos um pouco mais triste do que deveríamos. Nunca saberia se você queria me indicar algo. Só posso imaginar que não. Você, tão mulher e tão cheia de relacionamentos, não teria receio de tomar a iniciativa. Você nunca teve a real vontade de entrelaçar nossos dedos. Eu me perguntaria o porquê, mas eu já sei a resposta. Eu já a dei quando escolhi me entregar para uma mulher que me amava, quando me enclausurei em minha solidão, quando, naquele dia na praia, eu fingi não ter interesse por você. Eu sei que você não me ama como eu te amo, mas nada posso fazer. Sou e sempre serei um covarde. Sou um covarde porque sei que se tentasse eu te teria por um minuto e nunca mais. Amaldiçoar-me-ia como por tantas vezes me amaldiçoei.

Só peço que siga sua luz como um verdadeiro girassol e que quando eu tentar, quando tivermos quarenta anos e eu te ligar, quando nos esbarrarmos, só peço que enxugue meu choro e me mostre os seus filhos, pois amarei os conhecer. E agora escorro lágrimas, para nunca mais ter de soluçar.

O INTELECTO DE UM HOMEM

Just an Illusion

Carlos saiu animado de seu apartamento. Era sábado, um dia perfeito para fazer compras.

Tinha uma postura séria e focada. Andava com vivacidade. Seus ombros intimidavam as velinhas que passavam ao seu lado na calçada. As meninas ficavam encantadas. Atraía até as bichas enrustidas: aqueles homenzarrões casados que sempre davam uma saidinha quando as esposas iam ao chá das amigas.

Que homem Carlos era! Um Deus grego para dizer o mínimo. Era másculo. Peitoral aberto. Olhos violetas. Sobrancelhas expressivas. Um olharzinho e as mulheres beijavam os seus pés.

"Sou casado, desculpa", dizia ele. E não era mentira. Era casado. E bem-casado!

Sua mulher era uma senhora simpatia. Senhora, não! Moça. Pois com seus quarenta e cinco anos tinha pele de seda. Era pura seda. Um espetáculo de olhares. Uma excentricidade apolínica.

Era um par perfeito, digno das melhores historietas românticas. O único defeito, imposto pela vontade dos amados pais, foi não ter colocado Romeu e Julieta em seus nomes. Eram Carlos e Carlota - e só.

Era um nome comum, sim. E, por ser comum, causava espanto. A moça do banco dizia a senha "Carlos 168; atenção: Carlos 168 caixa 7". A recepcionista dizia "Boa tarde senhor...é... hum.... Carlos Henrique, o médico te espera na sala 5 à sua direita". O porteiro, então, "Carlos, há uma encomenda para o senhor". Carlos para cá, Carlos para lá. O ordinário de seu nome escondia seu esplendor. As moças dos bancos se espantavam quando o viam. Afinal, quem espera um garanhão de 1.90m depois de chamar o Carlos para o caixa 7?

Mas Carlos tinha um segredo que dividia com a mulher. Tinham uma estranha característica que não combinava com sua beleza. Eles a escondiam a qualquer custo.

Guardado a sete chaves, seu segredo só poderia ser descoberto por uma única pessoa. Uma única alma foi capaz de desvendar o que escondiam em seu âmago. Um único ser: o narrador.

Eu descobri tudo. Não lembro quando surgi, mas, por algum motivo, tenho uma insuperável capacidade de ser onisciente, onipotente, onipresente, oni-o-que-eu-quiser. O Criador me fez assim. Devemos agradecer a Ele. Por isso digamos, juntos, em conjunto, viva três vezes.

Viva!

Viva!

E mais uma vez.

Viva!

Muito bem, pessoal. Louvemo-no como deve ser louvado:

Ó, grande Mestre do Universo.

Ó, Criador. Minha eterna gratidão por sua existência.

Tua existência permite a minha.

Obrigado por ter me dado o livre arbítrio.

Assim não parece que tudo o que faço e digo é escrito por linhas tortas.

Um brinde ao divino!

Pois bem. Depois de agradecer ao Criador, devo conduzi-lo, meu bom leitor, às excêntricas peripécias de Carlos e Carlota, pois, como eu bem disse anteriormente, eles têm um nefasto segredo.

Carlos e Carlota. Carlota e Carlos. Ambos, apesar de seus corpos de manequim, apesar de suas brilhantinas, apesar de suas invencíveis capacidades de desfilar em público, apesar de suas majestosas silhuetas e, principalmente, apesar de seus diminutos intelectos, são, os dois, Carlos e Carlos, Carlota e Carlota, amantes da leitura.

Amam os livros do fundo de seus corações. Vibram com a alta literatura. Amam os russos. Dostoiévski para eles é fichinha. Gostam mesmo é do fabuloso Tchekhov, um contista ímpar. Carlos tem uma predileção por *Nos banhos*. Carlota, em contrapartida, gosta mesmo é de *A dama do Cachorrinho*. Ambos concordam em uma coisa: nada, entre os russos, bate Puchkin. Sua obra tem uma virilidade inimaginável. Gogol, Gontcharóv, Babel, Pasternak, Bulgákov, Soljenitsyn - ah, que saudades do gulag! -, Chalámov, Akhmátova e, até mesmo o gigantesco Tolstói, não chegam aos pés de Puchkin, o poeta dos poetas, o romântico dos românticos, o magnânimo.

Mas nem tudo acaba em vodka. Como não falar da paixão irrefreável pelos clássicos? O que seria Carlota sem seus calhamaços? Que vida há depois de *Os Miseráveis*, de *Paraíso Perdido*, de *Moby Dick*, de *Os Buddenbrooks* de Mann, de *Ulysses* de Joyce? Ah, que miséria seria o homem sem os grandes clássicos, sem seu intransponível defensor: Ítalo Calvino.

Carlos gosta muito dos calhamaços, mas o que ele gosta mesmo é da elegância do real, do que nos toca, do que nos faz arrepiar a pele. Carlos gosta mesmo é de Primo Levi, de Svetlana, de Hobsbawm. É também bastante apegado aos prêmios. Quando soube que Saramago, o Camões de nosso tempo, ganhou o Nobel de Literatura

não soube nem terminar a frase.

Ele não renegava a literatura lusófona. Amava-a como Carlota idolatrava um *Grande Sertão: Veredas*, um *Dom Casmurro*, um *Seminário dos Ratos*, um *Noite Sonâmbula*. A poesia fazia o casal delirar. Poemas tinham um sabor especial. Um gostinho de quero-mais. Um Fernando Pessoa era um rodízio de sabores: Alberto Caeiro, Ricardo Reis, Álvaro de Campos. Era uma vertigem sem fim aqueles setenta heterônimos, cada qual com sua peculiaridade, cada qual com seu tempero.

A biblioteca dos dois era um infinito particular. De Ágata Christie a Gabriel García Marques. De *Minha Luta* a *O Estado e A Revolução.*

Carlota, sentada em seu sofá, segurava um *Triste Fim de Policarpo Quaresma* em suas mãos. Esperava Carlos chegar.

Carlos, como já dito, saiu (animado, veja bem!) de seu apartamento. Foi comprar livros.

Ele detestava sebos. Ihh... aquela poeira nos livros, aquela quinquilharia, aquela velharia não o agradavam de maneira alguma. Gostava era das livrarias. Amava as capas bonitas de seus livros preferidos. Ah, o encanto das edições de cem reais! Ah, o prazer de segurar uma xilogravura da Odisseia! Ah, o regozijo de ver uma nova tradução de *O Pequeno Príncipe* o apetecia, fazia-o enrijecer.

Finalmente chegou à livraria. Todos o olharam espantados. O que um homem tão saliente estaria fazendo naquele lugarejo, onde pobres almas perdidas confabulavam em suas medíocres vidas, trocando a realidade pela fantasia, como quem troca, por incapacidade, o sexo pelo pornô? O que Carlos, de tão bela graça, estaria lá aprontando?

Ora, ele estava lá para comprar livros!

O vendedor disse. "Posso te ajudar?".

Carlos respondeu. "Estou dando só uma olhadinha".

O vendedor se retirou e Carlos pôde desfrutar do prazer de olhar para todos aqueles livros enfileirados, empilhados, enfeitados, engraçados, de cabeça pra baixo, de baixo acima, de cima a baixo, de baixo para cabeça. Lado a lado.

Quase teve uma ereção involuntária, mas conseguiu se conter.

De cor e salteado foi direto ao que procurava: a estante dos alemães

Ouviu de um amigo de um amigo de um conhecido que fizeram uma nova tradução de *A Metamorfose*. Diretamente do alemão, o tradutor, como disse o amigo do amigo do conhecido, havia se empenhado por cinco anos para traduzir aquelas cinquenta páginas que compunham a obra-prima de Kafka. Cinquenta páginas de puro esforço intelectual, de grande pesquisa, de imenso trabalho junto ao revisor que não se chamava Raimundo e que se recusou a empregar o deleatur.

Estava feito o grande livro: uma esplêndida capa; páginas amareladas para não doer os olhos; lombada impecável; cola indesgrudável (se me permite o não uso do não); preço camarada; desenhos de artistas renomados.

Ah! Que sagacidade! Que delícia que era ver aquele Gregor Samsa acordar de sonhos intranquilos e se ver transformado em um inseto gigante. Ou barata. Era um prazer imenso ver *Die Verwandlung* traduzido como *A Metamorfose*.

Quando viu aquele livro, a transformação de Carlos foi imediata: enlouqueceu os olhos e deu gritinhos de ansiedade. Foi logo comprar aquela *masterpiece*.

Comprou-a com toda pomba e foi direto para o apartamento mostrar à mulher.

Deu um *Olá* animado ao porteiro e subiu as escadas até seu apartamento no nono andar. "Com suor será melhor", pensou ele.

Rodou a maçaneta e abriu a porta. Logo viu aquele amontoado

de livros que era sua sala. E, ao meio, viu sua linda mulher a segurar um exemplar de Lima Barreto.

Acredito que Lima Barreto não será suficiente para hoje. Essa noite promete, meu amor - disse Carlos.

Espero que tenha trazido o que há de melhor, meu bem.

Ah se trouxe!

Carlos mostrou a sacola com o livro dentro. Retirou-o e o revelou à esposa. Perplexa, ela exclamou um *Oh* fugaz.

Não foi preciso dizer nada. A mulher foi correndo ao encontro do homem e beijou-lhe a face. Jogou o Barreto no chão e pegou *A Metamorfose* com as duas mãos. Admirou-se infinitamente. Rodopiou e cantarolou. Pôs Kafka no sofá.

Vamos começar? - disse Carlota

Carlos não deu respostas. Foi direto à ação. Sentou-se no sofá e, junto à Carlota, começou a folhear os livros. Depois, o casal enfiou seus narizes em Gregor e cheiraram-no com tesão.

Lamberam as páginas uma a uma. A ponta da língua se esfregando em papel.

Beijaram-se sobre as folhas. Rasgaram o Posfácio e o engoliram com vontade.

Começaram a tirar a roupa. Em um minuto estavam nus. A imensa mandioca de Carlos estava completamente ereta e começou a penetrar *A Metamorfose*. Carlota chupou-lhe toda e, já molhada, gozou junto ao marido.

O sêmen escorreu por todo o livro. Os espermatozoides navegaram pela transformação, pelo chefe assustado, pela irmã, pelo pai, pela mãe, pelo abandono e pela morte de Gregor.

Satisfeito, Carlos se levantou e pegou o livro grávido. Nu, caminhou pelo apartamento e levou *A Metamorfose* à estante alemã, que ficava ao lado da russa.

Olhando para todos aqueles livros, para todas aquelas noites de prazer, para todos aqueles gozos intelectuais, suspirou e refletiu sobre o quão graciosa era sua vida. Relembrando sua juventude, deu um sorriso nostálgico ao pensar no jovem Carlos se masturbando com Marx em suas tenras mãos.

Mal sabia que Bourdieu chegaria…

M.A.O

Losing My Religion

Já havia atingido cem mil dólares quando senti a mão. Sorrateira, ela se esgueirou devagarzinho. Veio de fininho de um sei lá onde. Os dedinhos percorrendo o piso de madeira. O pulso descansado no percurso. Os pelinhos acompanhando a janela - e o vento.

Já tinha ouvido falar da mãozinha, mas achava que era mito, daqueles que vez ou outra surgem de uma escolha muito difícil. Era mito, certeza! Era mito, com certeza! Uma mãozinha daquelas? Uma mãozinha velinha e tão bonitinha aparecer assim de um faz de conta que nem me lembro mais?

Mas ela veio quando a janela estava aberta e o vento surrupiava pela fresta e o computador ficava geladinho para não desligar.

O platô durava alguns segundos. Pouquíssimos segundos. Quem conhece sabe: não se pode piscar, não se pode dar uma mínima piscadela que tudo pode mudar. O que antes subia pode agora descer e o que antes descia pode continuar a descer. Bom, é verdade. Bom, é verdade que o que subia pode continuar a subir, ou descer e de novo subir, mas mentira seria dizer que a chance de subir e de descer é como uma cara e uma coroa que, a depender das circunstâncias, ou estão em cima ou estão em baixo em uma proporção de um para um, pois a matemática é certa e, quando falha, é porque algum bisbilhoteiro adulterou a moeda ou algum sabichão fez as contas erradas, o que é pouco provável, ainda que não impossível, pois nossos matemáticos são capacitados e é claro, é claro, que nenhum deles seria incompetente o suficiente para errar a medição de uma simples experiência de jogatina de moeda. Era o velho joguinho, somente.

Como todo velho joguinho, a vivência compensa e as sardinhas ganham das mais gordas baleias. E era exatamente isso que estava acontecendo na noite em que a mão chegou de fininho no meu quarto.

Acredito que a mão tenha chegado por conta dos cem mil dólares. Era uma marca encantadora para uma simplória sardinha e tinha muito orgulho dela (da marca e não da sardinha (a sardinha sou (era) eu)).

Pois foi exatamente quando a marca foi atingida que senti a mãozinha coçar a ponta do meu mindinho, lá no meu pé. Pois então foi no mindinho do pé que a mãozinha - que até aquele momento não sabia que se tratava de uma mão, muito menos uma mãozinha- começou o serviço dela. E que serviço! Excelente massagista. Recomendo muitíssimo a todos os interessados. Infelizmente, tudo tem o seu preço e, como bem sabem, os melhores massagistas são sempre os mais caros e, pelo caminhar do nosso passeio, "caro" seria uns duzentos reais por hora de massagem, não a tântrica, que é muito mais cara, mas sim aquela massagem comum - normal - que quando a recepcionista pergunta qual massagem o senhor quer fazer você logo responde aquela lá e ela anota relaxante num papelzinho.

A massagem da mãozinha era absolutamente diferente de tudo que eu já havia experimentado. Ela começou pelo lugar mais inusitado possível: o mindinho do pé. O mindinho do pé, como poucos sabem, é formado por diversas partes que provavelmente estão nos livros de anatomia e na memória dos estudiosos, a quem devemos muito.

O mindinho do pé, como todos sabem, tem uma pequena unha ou, como poucos dizem, uma "unhazinha" que está colada na carne do dedo. Existe um espaço entre o que chamamos de unha e o que chamamos de dedo e foi justamente nesse espacinho que a magia da massagem começou, pois foi justamente nesse espacinho que a mãozinha começou a, com o seu mindinho, massagear o meu mindinho.

Não foi algo doloroso e, para provar a todos, sugiro um experimento científico: coloque o seu mindinho da mão - se o tiver, é claro - no mindinho do pé - se o tiver, é claro - e esfregue o mindinho da mão no mindinho do pé. É bom saber, entretanto, que existem três realidades possíveis para esse experimento científico. Vou numerá-las. 1 - A unha do mindinho do pé tem o mesmo tamanho da unha do mindinho da mão. 2 - A unha do mindinho do pé é maior que a unha do mindinho da mão. 3 - A unha do mindinho do pé é menor que a unha do mindinho da mão. Essas são as possibilidades. Creio que é o espaço amostral. Se alguém, por via das dúvidas, tiver alguma contestação favor me contactar pelo seguinte correio eletrônico: ############.[1]

1 (nota do editor: segundo a legislação corrente é proibida a divulgação de correios eletrônicos em livros. Alertei o autor sobre esta questão e sugeri que alterasse este parágrafo. Ele me respondeu que estava, abre aspas, comendo vieiras em um cruzeiro em Bahamas, fecha aspas, e que colocaria, abre aspas, este importantíssimo número, fecha aspas, independentemente do que eu ou, abre aspas, essa corja de (.....), fecha aspas, ache. Reitero que a nossa linha editorial preza pela curadoria do autor, mas, antes de tudo, pelo mútuo respeito e pela observância das leis. Em consonância com nossos valores, decidimos retirar o número do correio eletrônico e substituí-lo por octothorpes (#).) OBS. essa não é a nota do editor; é tão somente a nota do autor que acreditava poder se passar pelo editor. Pedimos desculpas pelo inconveniente. Esse é justamente um daqueles autores que não consegue aceitar críticas a seu trabalho sem ficar se remoendo por meses em sua cama. É justamente um caso complicado...mas, como já assinamos um contrato de exclusividade com ele, preferimos manter o diálogo diplomático para evitar possíveis represálias de um lunático direitista. Pedimos, novamente, escusas ao leitor. OBS. Ora, não é possível que eu esteja lendo tamanha barbaridade. Usei-me de um artifício literário para empregar de forma fictícia uma suposta, veja bem: suposta, fala do Sr. Editor, e ele, em pessoa, escreve contradizendo-me em meu próprio livro! Não sabe o senhor Editor que o mercado literário está a vento e popa e que eu poderia muito bem me desfazer de nosso contrato e procurar uma outra Excelentíssima Editora que me proporcionaria uma abrangência criativa muito mais democrática? Ora, o Sr. deve ser da velha guarda, que não atura um pouco de criatividade e balbúrdia no texto literário, que não sabe diferenciar obra e autor, que escolhe seu catálogo a partir da biografia esquerdopata do escritor em questão. Veja bem, já estou cansado de tantas alterações. Durante os últimos meses, respondi respeitosamente a todos os e-mail que me enviaste e continuadamente menti ao afirmar que tudo já estava pronto, que na próxima segunda-feira eu entregaria o manuscrito final. Obviamente nada estava pronto e não pude entregar nada na bendita segunda-feira de novembro, nem na quarta-feita de dezembro, nem no longo período em que deixei de me comunicar para ver se o senhor me esquecia, se me deixava em paz com minha mediocridade e minhas tendências fascistoides, xenófobas e racistas. Eu só queria que você terminasse o nosso contrato e devolvesse o dinheiro que te emprestei para a confecção do livro, mas o senhor bem que é insistente e agora tenho que terminar o que eu nunca deveria ter começado in the first place. Eu achava que gostava de escrever, que criaria mundos imaginários repletos de personagens carismáticos que conquistariam os corações e as mentes de jovens em todo o mundo. Achava que passaria madrugadas mergulhado em escritos e ilustrações sobre reinos ameaçados e rei atormentados. Descreveria apaixonadamente as mais diversas cenas de ação e sexo. Desenvolveria a personalidade de cada uma das personagens, e regaria de mistérios o meu enredo. Criaria um universo tão grande que me perderia em meus próprios escritos e teria que investigar as lacunas de minha fértil imaginação. Cada página seria uma conquista, uma obra em formação, uma saga de poderosa envergadura e de fazer inveja a toda uma futura geração. Não poderia estar mais enganado. Não sou capaz de fazer descrições meticulosas e assertivas. Perco-me rapidamente em devaneios e emprego um emaranhado de apostos e vírgulas que deixam meu texto cansativo, repetitivo, desinteressante, pedante, panfletário, falso moralista e militante às avessas. Só posso dizer que não tenho culpa, pois Deus não me fez escritor, me fez qualquer outra coisa que ainda não descobri, mas escritor nunca. Não gosto de escrever. As horas se passam e só escrevo uma página. Meses são percorridos e tudo que posso entregar é um livro de cento e trinta páginas, ou um pouco mais, que

Naquela noite, a unha do mindinho do meu pé estava do mesmo

custará cinquenta reais, dar-me-á trabalho para vender as cem cópias que adquiri provisoriamente e que entrará no limbo dos livros publicados mas nunca lidos. Eu, que já li e reli essa obra (se é que podemos chamá-la assim) umas quinze vezes, estou cansado; simplesmente cansado de ter que vir aqui e corrigir todos os erros de ortografia e gramática porque aparentemente eu sou um analfabeto funcional; veja bem: eu mesmo não sei as diferenças dos porquês e usei os últimos dois com puro instinto desbravado. Não sei usar os pronomes e ontem mesmo descobri que dois pronomes podem ser empregados ao lado do mesmo verbo, formando um único pronome com duas funções sintáticas. É o que ocorre na transformação da frase "Dei o fracasso a ele." para "Dei-o a ele" para "Dei-lhe o fracasso" para finalmente "Dei-lho". Nem mesmo explicar uma simples característica arcaica do português eu sei bem, e tenho dificuldades em escrever palavras muito longas. Por vezes, recorro ao dicionário para procurar os melhores sinônimos e antônimos de um punhado de ideias que estariam melhores se permanecessem na minha cabeça. Mas infelizmente para mim, e infelizmente para o Editor, e infelizmente para o leitor, as ideias continuam a cutucar repetidamente o meu cérebro, e eu continuo a ser o escravo de meu fracasso, posto em prática hodiernamente em todas as etapas da minha vida: do acordar ao dormir às cinco horas da madrugada depois de muito refletir sobre o que eu me arrependo de ter feito e o que eu nunca fiz e nunca farei. O tempo é realmente, e eu realmente gosto de advérbios terminados em -mente, uma desgraça. Todas as memórias estão armazenadas em minha mente e vez ou outra elas aparecem em meus sonhos eróticos para me perturbar e me lembrar o espécime que sou: um homem jovem com ganas de desbravar o mundo, mas inapto a fazer um macarrão alho e óleo sem ter que ver um tutorial no YouTube de um outro homem jovem e imberbe e com amplo potencial comunicativo. Pois isso também não tenho: não consigo dialogar por mais de cinco minutos com alguém que não compartilhe dos mesmos gostos literários e artísticos que eu. Não consigo ouvir sobre política sem me irritar com os simplórios argumentos, se é que podemos chamá-los assim, apresentados. Tenho ojeriza a tudo e a todos, inclusive ao senhor. Desde a primeira vez em que nos vimos, tive uma insaciável vontade de publicar um livro com o senhor, pois tive a certeza de que o senhor estremeceria com todo o conteúdo pornográfico e racista de meus escritos. O senhor, mancomunado com a autocracia dos togados, é um prototipozinho de ditador que se deleita única e exclusivamente com dinheiro no bolso e viagens internacionais. O senhor sabia muito bem, quando leu o manuscrito deste livro, que não aprovava o que estava sendo colocado, e mesmo assim, prometendo-me mil maravilhas, me fez de gato e sapato ao me ludibriar e me convencer a assinar o contrato pelo qual eu faria um PIX, veja bem: um PIX!!!, de cinquenta mil reais pela aquisição futura das cópias do meu livro para eu poder vendê-lo na Paulista como um coitado, um verdadeiro desempregado com cinquenta mil reais em livros mal-escritos. O senhor, para dizer o mínimo, é um belo de um, um belo de um... Ah, sim, eu sei. Eu sei que o senhor nunca deixaria eu te xingar no meu próprio livro. O senhor gosta de brincar, de armar arapucas e artimanhas para me prender em seus joguinhos de cornélios. Ah, se eu te visse na rua...pegava seu cabelos e arrastava-os pelo asfalto. Tratar-se-ia logicamente de uma peruca, pois o senhor é um falsário, um malandro. Deve ser um Editor careca, coitado. Um careca que se acha muito, que acha que pode me enviar um e-mail no dia 12 de fevereiro insistindo para que eu publique logo meu livro. Veja bem! Eu ganhei, eu ganhei, Sr. Editor. Já estamos em junho e nada de ser publicado. Quero senti-lo apodrecer em devaneios à espera de meu manuscrito final. Ah, o senhor gostaria de receber uma cópia autografada em sua residência? Pois não me diga! Sempre soube que o senhor era desses que moram em condomínios fechados, com porteiro e tudo, enquanto reclama pelo Twitter sobre as chacinas policiais no Rio de Janeiro. O se-

tamanho da unha do mindinho da mão, o que gerou uma massagem ainda mais prazerosa. Como todos sabem, se a unha do mindinho do pé (ou a unha do mindinho da mão) estiver maior (ou menor) que a unha do mindinho da mão ou a unha do mindinho do pé), o prazer da massagem será prejudicado, pois a unha maior pode encravar na unha menor, o que resultará num "Ai" indesejado. Não foi, porém, o caso. Naquela noite, a mãozinha veio preparada e me massageou corretamente.

Com a unha do mindinho da mão, a mãozinha massageou a unha do mindinho do meu pé e, com o dedo do meio e o dedo indicador, ela massageou a pele do metatarso.

Dando continuidade ao processo, a mãozinha (e não K.) parou de massagear a unha do mindinho do meu pé e começou a tocar na parte de baixo dos meus dedos. Vez ou outra ela fazia um movimento mais ousado, como entrelaçar os dedos dela nos meus, ou fingir que meus dedos eram pêndulos, ou, mais ousado ainda, esfregar meu calcanhar.

Se eu disser que não estava gostando estaria mentindo. Estava muito bom e ficou cada vez melhor quando a mãozinha tomou coragem e começou a subir pela minha perna. Com o polegar e os outros dedos, ela agarrou meu tornozelo e deu início à escalada. Quando parecia cair, ela se segurava nos pelos da minha perna - o que doía um pouco, não posso negar.

Quando chegou ao joelho, tudo ficou muito mais fácil. Eu estava sentado numa cadeira de rodinhas e, portanto, a minha coxa estava plana.

A mãozinha se aproveitou disso e passou correndo pela minha coxa sem fazer uma massagenzinha sequer! É claro que fiquei chateado e, percebendo a minha chateação, a mãozinha foi até o meu umbigo e enfiou o indicador nele. Foi muito bom e por isso fizemos as pazes.

Para me alegrar ainda mais, a mãozinha fez eu alcançar minha segunda meta: cento e cinquenta mil dólares. Fiquei extremamente feliz e a

nhor é mesmo uma figura...Um homem como o senhor, no auge da sua idade, dando-se ao luxo, ao trabalho, de ler esse texto...já deveria ter desistido há tempos. Admiro a sua perseverança e mais: adoraria continuar te alfinetando por mais duzentas e quarenta e sete páginas, mas tenho um dever a cumprir e outro livro a escrever.
(OBS. os últimos parágrafos também foram escritos pelo autor. Ele se acha muito engraçado e adora ficar subvertendo a edição, colocando notas de rodapé. A nossa equipe, liderada pelo dr. Maximiliano da Nóbrega, decidiu permitir os ataques verborrágicos porque estamos precisando de dinheiro para pagar o aluguel, e não queremos perder mais um cliente por uma querela tão simplória).

deixei continuar.

Ela, então, passou a subir pela minha barriga. Para ajudá-la, coloquei meu quadril para frente da cadeira e deixei as costas bem retas. Assim ficou fácil para mãozinha!

Quando ela chegou no mamilo, eu quase olhei para baixo. Quase me distraí! Esperto como sou, não olhei para baixo em nenhum momento. Se olhasse perderia a movimentação da tela do monitor e tudo acabaria! Qualquer distração e era o fim dos meus cento e cinquenta mil dólares.

Sabendo disso, a mãozinha fez eu alcançar duzentos mil dólares. Quase fui à loucura! Que mãozinha boazinha!

Vendo minha felicidade, ela se permitiu continuar e se posicionou na minha clavícula. Foi aí que o processo ficou sério, pois foi exatamente quando ela tocou na minha clavícula que atingi trezentos mil dólares!

Que mãozinha boazinha, que mãozinha boazinha!

Ela, então, fez o inimaginável: dobrou o meu dinheiro, dando mais trezentos mil dólares. Comecei a imaginar o que faria com tanto dinheiro. Eu estava, afinal, virando um filhote de baleia!

Sabendo do meu entusiasmo, a mãozinha pôs os dedos ao redor do meu pescoço e, gentilmente, começou a apertá-lo. Isso sim foi bom! A cada vez que ela apertava meu dinheiro dobrava. Mais e mais, e mais, e mais, e um aperto e uma ação e um novo aperto e minha imaginação em outro mundo e mais dólares e mais uma mansão e mais tudo o que eu poderia comprar com tantos milhares e agora milhões de dólares e quase chegando a bilhões quando o aperto terminou e a minha respiração parou.

A respiração parou e meu coração deixou de bater para sempre.

Contente, a mãozinha se soltou do meu pescoço e caiu no meu quadril. Com o polegar, ela começou a puxar minha bermuda e, ligeiramente, se enfiou lá dentro. Já no céu, finalmente pude a ver!

Era uma mãozinha quase transparente que alguns diriam que era invisível. E o que eu vi me chocou, pois, com meu corpo já moribundo, a mãozinha começou a esfregar a minha glande e, para minha angelical surpresa, um jato de esperma se desprendeu de meu pênis, levando consigo o suor de minhas ações.

DO IMPÉRIO ROMANO DO OCIDENTE

Coming Around Again

As idiossincrasias veranis, mais do que as outonais, já se desprendiam da paisagem que se bifurcava nas fatigadas íris de um anoso senhorio.

Era esta a situação que o homem enfrentava. Mas não somente.

Não somente, pois com todo frio vem a fome e a fome, meus caros, a fome é pior. A fome é a palavra injusta, é o termo ingrato. É o termo que todos os escritores desconhecem, mas que está sempre presente. É um uso descabido que a destrói, que a enfraquece, que a generaliza. Mas garanto-lhes, garanto-lhes que ela, assim como o genocídio e a barbárie, permanecerão fiéis e não se desocuparão de suas primordiais funções. Não serão vilipendiadas por vós, por misturas pronominais, por escambo de um vós por um não vós, um lhes por um outro indivisível indivíduo indevido. Por mim, será esquecida; nunca mais retomada nesta curta e verdadeira história que vos relato.

Dizer que era aquilo que o homem sentia é mais que o suficiente. E não me alongo muito mais. Não desejo mais mostrar minhas artimanhas linguísticas para os senhores. Mas não sou infiel e garantirei o término da história que vos conto.

Creio que já descrevi suficientemente aquele homem e aquele inverno. Poderia, é claro, dizer que havia um homem desgraçado pela vida; um homem que caminhava por uma floresta ainda não descrita; um homem que sentia o inferno.

Era exatamente isso que acontecia. Três períodos e basta!

Basta de descrições, de termos anfigúricos que só servem para impressionar o leitor desavisado, que pensara ter encontrado um livreto de quinta, quando muito bem sabem que é um de quarta .

Sabeis somente que aquele homem estava em busca de uma estadia para se proteger do inverno. Ouvira que os romanos estavam nas proximidades. Só precisaria cruzar a bárbara fronteira para atingir o mais longínquo tentáculo de Roma.

E foi o que fez. Depois de intermináveis descrições florísticas, o homem atingiu seu destino, alcançando um acampamento de uma legião romana.

Soldados o receberam e trocaram uma dúzia de palavras. Foi o suficiente para acabar com a severidade do inverno. A linguagem salvou o dia e imediatamente a floresta ficou mais quente. Não tão quente, mas o suficiente para descongelar a água e limitar a temperatura ao número positivo mais próximo de zero. No bom futurístico alemão, null.

NARCISO

Wind of Change + Take My Breath Away

O Encouraçado Potenkim (bem endereçado pelo diretor Eisenstei e seu fiel escudeiro, o produtor Bliokh) antecipara a revolução de outubro. O Domingo Sangrento fora mero prelúdio; confirmação do que estava por vir. Já começo a rememorar, não sem um quê de (in)acurácia, os antigos relatos do grã-duque Sergei Alexandrovich, tão inapto em maneirar seus preconceitos, suas hostilidades para a tão premente causa revolucionária - um homem complexo, decerto, mas esquecido. Não era isto que afirmava o emérito Professor Baruch Knei-Paz, em sua obra "The Social and Political Thought of Leon Trostky", ou, quem sabe ainda, Sheila Fitzpatrick, na já clássica "The Russian Revolution" ?

A carne malpassada não me caiu bem. Não era um restaurante de aparência suja. Era grande e espaçoso. Limpo. Várias mesas retangulares. Self service ao meio. As folhas de alface protegidas por vidro. Ao fundo, o mugir dos bois.

Centenas de pessoas foram fuziladas naquele dia. Os soldados só obedeceram ordens. Não as obedeceriam novamente (não nos olvidemos, porém, das meticulosas observações do lituano Moshe Lewin, o qual sustenta que o capitão Pavlov mobilizou-se para encerrar a matança, em flagrante quebra de hierarquia - uma amostra do porvir).

O sangue escorria pela carne. Uma poça se formava no prato. Comi aos poucos. A faca fatiando a carne. A carne recebendo a faca. Boas amigas.

Dizem que até crianças que se escondiam nos galhos das árvores foram mortas. Era Nicolau, O Sangrento. Era Nicolau II dos Romanov: sua imagem gravada em nosso imaginário coletivo pela colorida gravura de Boris Mikhaylovich Kustodiev, talvez o melhor pintor de sua época. Assim estatui Figes: *"(...) Kustodiev, rejeitado pelo cânone ocidental, ojerizado por seus contemporâneos, estabelecer-se-ia como um dos maiores artistas da Rússia Moderna (...) seus afrescos, presentes no metrô de Moscou, apareceriam em cada residência moscovita durante a era stalinista (....) nem o descongelamento do pós-1953 desfaria a imagética de Kustodiev na sociedade russa (...)".*

Não havia pressa. Era a solidão. Sempre foi a solidão.

Novos protestos surgiram. Era uma onda irrefreável. Era uma industrialização maldita - desgraçada. Era o início dos sovietes. Era, nas palavras de Fitzpatrick, "a esperança de uma primavera", "a joia da coroa nas mãos do povo". Para a desgraça de Stolypin, era seu irremediável assassinato - esfaqueado na banheira de seu apartamento, segundo costa nos autos da III Reunião de Ministros da Duma.

Se comi algo mais, não me lembro. Talvez um pouco de arroz. Batatas fritas. Algo assim. Mas tenho certeza de que foi a carne mugindo.

Aumentaram as greves. Atentados. Terrorismo. Bombas. O turbilhão estava só começando. Viria muito mais, muito mais. Pobres eram os judeus, perseguidos pelos nacionalistas da União do Povo Russo, sob o beneplácito de Nicolau II. (há controvérsia na literatura quanto à atuação deste grupo; Longbotton, que o denomina "Cem Negros", defende que somente ucranianos participavam da violência urbana, mas Stuart - em documentação recente - comprova o envolvimento generalizado de mencheviques, rejeitando o suposto patrocínio do czar - ele mesmo de antiga linhagem judia.

Nem escovei os dentes. Nem passei fio dental. Nem conheci o banheiro daquele restaurante de que já não me recordo o nome. Só terminei de comer e paguei a conta. Dez euros. Saí com um adeus às minhas costas.

A guerra teria início com a mão negra. Era o estopim de algo que deveria ter começado com a Canhoneira Panther, a mesma do Porto de Itajaí. Mas o destino escolheu a Sérvia e não Marrocos. Nada ilustra melhor o impacto da atuação da canhoneira alemã que o artigo de Schapiro ("Putting the lid on Leninism") e "Comércio e Canhoneiras", de James Harris, uma das poucas obras sobre o tema já traduzidas para o português.

Caminhei pela calçada. Ia à entrevista. A entrevista que sempre sonhei. Finalmente. Ah, finamente!

Desgastada pela recente derrota contra os japoneses, a Rússia tremeu. Eram as alianças já planejadas. Era a Tríplice Entente. Era a História. Andrei Stalin - o qual infortunadamente compartilha o sobrenome do genocida georgiano - descreve bem, em longas seiscentas páginas, o trâmite da formação das alianças, na recém-lançada "The Soviet Experiment", da conceituada Editora da Universidade de Oxford.

Faz cinco anos que terminei meu doutorado. Penso que não o compreendo totalmente. Há algo de curioso na fenomenologia da história, como comer do pão sem o comer. Mas há o trunfo da entrevista. Uma única chance para mudar de vida. Vinte mil euros para dar aula em uma universidade particular. Três aulas por semana. Um projeto de pesquisa que ninguém vai ler. Acho que é o suficiente.

Era a história em suas camadas mais profundas. Que beleza que há na Grande Guerra! Diversas interpretações, diversas motivações. A Ferrovia Berlim-Bagdá, o imperialismo. Ah, Bálcãs! Ah, Império Austro--Húngaro! Chame, chame ele! Chame Francisco Ferdinando o herdeiro do Império Austro-Húngaro. Chame aquele que foi morto pelas mãos da Mão Negra. Ah, as peripécias dos trocadilhos! Sobre Franz Ferdinand von Österreich, recomendo a biografia de George Schöpflin, "Franz: A Life".

Cheguei à universidade. Pedi informações. A atendente me direcionou ao setor de entrevistas. Setor de entrevistas! Belíssimo nome.

Saravejo não foi suficiente. O Czar estava sedento. Guilherme queria sentir a volúpia de pilotar um exército. Era a vontade da destruição criativa. Mas seria o xeque-mate ideológico, seria o fracasso europeu, seria o pano de fundo para o terceiro capítulo de "The Cambridge History of Russia: The Twentieth Century", de Sunny et al.

Cinco homens e duas mulheres aguardavam na sala de espera. Parecia que eu era o atrasadinho.

Vomitaram tiros. Milhões de mortos. O homem doente da Europa desfalecendo de vez. A Rússia czarista apodrecendo devido ao que Lenin acertadamente chamaria de "A Guerra Imperialista", em "Imperialismo: fase superior do capitalismo" e "O Estado e a Revolução", ícone do movimento eurocomunista da década de 1950.

Quase duas horas se passaram até me chamarem. Uma voz feminina veio da sala de entrevistas. Era o poder do som: penetrava até o invisível, nas frestas que não enxergamos, que só podemos nos calar e ouvir.

A pátria morrendo e a aristocracia definhando. Veio muito mais. Veio Rasputin. Veio a nacionalidade da czarina. A coitada da imperatriz. Veja bem! A imperatriz alemã com um monge em cima do tabuleiro. Trágico desfecho: assassinado pelo grão-duque Dmitry e pelo deputado ultraconservador V.M Purishkevich, em cena habilmente descrita por Douglas North em "Rasputin: Faith, Power and the Twilight of the Romanovs". Curiosamente, o romancista oitocentista Alexandr Griboiedov, em obra ficcional intitulada "A felicidade de ter demasiado espírito", publicada em 1831, possuía um personagem obscuro de nome Grec Putin, um religioso ortodoxo que teve seu membro decepado após ser acusado de manter relacionamentos homoafetivos com os filhos de Catarina, a Grande. O atual presidente da Federação Russa, em recente entrevista para a Lyubvi Magazine, afirmou que seu prenome - Vladimir - é homenagem de sua mãe ao revolucionário socialista e que seu sobrenome - Putin - deriva do monge Rasputin, unindo, segundo o ex-agente da KGB, "a inteligência à força física".

A quase doce voz me chamou. Entrei na sala. Lá estava a mulher. Cabelos pretos e encaracolados, sorriso largo, óculos redondos, gorda.

O filho tinha hemofilia. Um Império condenado, um regente fracassado, um herdeiro desolado. Infeliz enredo! É importante ponderar, entretanto, que, conforme estudo de Tismaneanu ("The Enigma of 1917") Alexei Romanov não poderia possuir hemofilia, se fosse realmente filho legítimo do czar. Estudos com o DNA das ossadas de Alexei revelam que a hemofilia seria incompatível com seu tipo sanguíneo (ver Misha Glenny, 1988). A condição do herdeiro era provavelmente (ver Piotr Dutkiewicz, 1996) decorrente de uma doença sexualmente transmissível. Em 2017, o bilionário Gjeluci Crampton solicitou ao governo russo que confisque o alegado pênis de Rasputin, exposto em um pote de vidro no Museu do Erotismo de São Petesburgo, para análise, a fim de constar a presença ou não de células de Alexei Romanov (fotos do suposto pênis podem ser facilmente encontrados em pesquisa pela internet). A Igreja Ortodoxa russa, em maio de 2018, intrometeu-se no assunto e afirmou que o pedido de Crampton não poderia ser atendido, por atentar contra a moralidade e os bons costumes. Historiadores afirmam que, se comprovada a presença de células no pênis do monge, confirmar-se-ia a antiga suspeita de que o monge Rasputin molestava crianças durante a década de 1910, sob a cumplicidade de altos membros da Igreja, o que colocaria em xeque a imagem da instituição religiosa.

Perguntou-me coisas básicas. Meu nome. Meu alemão. Minha experiência profissional. Minhas preferências. Minhas ambições. Minhas... Senti o que Deus quis. Senti o que não queria. Senti aquilo.

Todas as histórias acabam mal. O poder corrompe. O poder atrai. Mas não sei se foi o poder que atraiu aquele bando de esfomeados ao Palácio de Inverno. Não sei se foi o poder que montou o regime de Kerensky. Mas foi a sede que o destruiu. Foi a vontade de poucos que fez aquilo. Foi a brava atuação, entre outros, de Volodimir Serge, relatada minuciosamente em "Mémoirs d'un révolutionnaire et autres écrits politiques", que instaurou o comunismo soviético em todas suas qualidades e defeitos.

Aquilo era resultado de uma carne mal-passada. Fiquei vermelho de nervoso. Minhas mãos suavam. Era o chamado da natureza em seu estágio mais primordial. Levantei-me da cadeira, assustando a mulher. Sem pedir, corri.

Aquilo foi a Revolução. Não foi coup d'état. Não foi golpe, pois nada havia para golpear. Era vazio. Era puro caos. Eram os imortais dez dias que abalaram o mundo, como o quer John Reed. Eram, para Ribakov, os filhos da Rua Arbat. O que queremos fazer da União Soviética?, perguntou-se Iakovlev.

Corri. Corri. Corri ao banheiro mais próximo. Abri a porta e fechei o trinco. Tirei as calças e sentei na privada já aberta. Não me importei com a sujeira. Só queria tirar aquela carne do meu corpo.

Lênin teve ajuda dos alemães. A Guerra Civil se iniciou. Monarquistas, bolcheviques, mencheviques, anarquistas. Brancos, vermelhos, pretos. Algumas interferências externas. Algumas preocupações inglesas e americanas. "Algumas", é bom constatar, talvez seja eufemismo; "muitas" talvez seja o adjetivo mais factualmente correto. Para uma discussão mais aprofundada sobre essa "alguma-muita" participação de forças estrangeiras, recomendo com vivacidade "A cavalaria vermelha", de Benjamin, e "Récits de la Kolima", de Chamalov. "Vie et destin", de Grossman, pode ser uma boa introdução para os que desconhecem o assunto.

A carne percorreu dez metros em poucas horas. Na boca, houve a mastigação e a insalivação. As forças se aliaram. Água, ptialina, mucina, lisozima. A carne virou bolo alimentar.

A guerra acabou e os socialistas venceram. Lênin garantiu paz e terra. LINHART, R. *Lenin, os camponeses e Taylor*. São Paulo: Marco Zero,

1983.

Passou pela faringe e pelo esôfago. Houve peristaltismo. Era uma digestão comum.

Houve a Nova Política Econômica e, antes que alguém pudesse notar, Lênin estava morto e Stálin ascendia. Stálin sentou-se no trono. LUCKÁS, G. *Carta sobre o estalinismo.* Lisboa: Seara Nova, 1978.

No estômago, trabalharam as células parietais (oxínticas), células zimogênicas (pépticas) e células mucosas. Proteínas viravam peptonas.

E Stálin virava ditador. Os expurgos em massa. O gulag. A fome. O extermínio. Os campos de concentração. O casamento com Hitler. WERTH, A. *Goulag, les vrais chiffres.* L'Histoire (Paris), n.165, p.38-51.

Há o intestino delgado e o intestino grosso. É bom conhecer o suco entérico (suco intestinal), o suco pancreático e o suco bilar. Os sais biliares atuam como detergente. No duodeno, o tripsinogênio vira tripsina. Mas, diga-me, quem se importa com a quilificação?

Hitler esmagou o Leste Europeu. Trucidou aqueles povos. Logo viria a reviravolta. Viria o avanço stalinista, conquistando a tudo e a todos. Viria a destruição de Berlim, Hiroshima, a Guerra da Coreia e a morte de Stálin. POMAR, W. *Rasgando a cortina.* São Paulo: Brasil Urgente, 1991.

Viria o apêndice vermiforme, Malenkov, o ceco, o íleo, o colo ascendente, Nikita, o colo transverso, Brezhnev, o colo descendente, Andropov, Chernenko, o colo sigmoide, Gorbachev, o reto. CAETANO, V. M. *Patógenas Conquistas.* Companhia das Letras. 2029.

E de tanto vir, chegaria. Chegaria o fim daquela carne malpassada. Aquele boi mugindo. Aquele sangre escorrendo pelo prato.

Defecaria.

Sairia pelo ânus.

O esfíncter se abrindo.

E um suspiro, um alívio.

Agora era limpar…